コーマック・マッカーシー
黒原敏行訳

ステラ・マリス

STELLA MARIS

CORMAC McCARTHY

早川書房

ステラ・マリス

写真／Getty Images
装幀／早川書房デザイン室

ステラ・マリス*

ウィスコンシン州ブラックリヴァー

1902年創立

1950年以降は精神科患者の非宗教的
治療施設およびホスピスとして運営。

---

* "ステラ・マリス"はラテン語で"海の星"の意。船に方角を教える北極星を指し、"海の星の聖母"という形で聖母マリアの添え名になる。

入院棟

患者番号　72-118

一九七二年十月二十七日

患者は二十歳のユダヤ系白人の女性。容姿に優れ、無食欲症と思われる。当施設には六日前、スーツケース等は持たず、おそらくバスで到着した。入院許可の署名者はドクター・ウェグナー。ハンドバッグに百ドル札が多数入ったビニール袋を所持――総額四万ドル強――それを受付係に渡そうとした。患者はシカゴ大学の数学科博士課程に在籍、精神分裂病に罹患して長年にわたり幻覚および幻聴の症状を呈している。当施設には過去二度の入院歴がある。

I

やあ。ぼくはドクター・コーエン。
わたしが予想していたドクター・コーエンじゃない。
申し訳ない。それはドクター・ロバート・コーエンだろうね。
ええ。ここはコーエン先生に不足していないようね。
そのようだ。で気分はどう。大丈夫？
わたしに大丈夫かと訊くの。
うん。
精神病院にいるのに。
そう。まあそれ以外の点についてかな。
あなたは何年くらいこの仕事をしてるの。
十四年くらいだ。
この会話は録音してるのよね。
そこは同意をもらったと思うけど。かまわないだろう？

そうね。同意したときは別の人との面談を考えてたけど。

じゃあだめかな。

いや。いい。ただし同意するのは世間話だけ。どういう種類のセラピーも受けたくない。

わかった。何か質問はあるかな。始める前に。

もう始まってるでしょ。たとえばどういう質問のこと？

少しきみ自身のことを話してもらおうかな。

おやおや。

だめかな。

いっしょに数字で絵を描くつもり？

え？

いいの。ただわたしは世間知らずだから決まり文句によってまったくあり得ないような方向にねじ曲げられないベクトルでこうした試みを放つことが可能だと想像しつづけてしまうの。

なんだろう。ぼくの声の調子が嫌いなのかな。

いいの。あなたのやり方でやりましょ。別にいいから。

うーん。出だしでつまずきたくないんだが。ともかくきみがなぜここへ来たかを少し話してもらえたらと思ってね。

ほかに行き場がなかったから。

でもなぜここに。

前にいたことがあったから。

じゃ最初はなぜここへ来たんだろう。

セント・コレッタに入れなかったから。

なぜセント・コレッタに入りたかったのかな。

ローズマリー・ケネディ（第三十五代アメリカ大統領ジョン・F・ケネディの妹）が入れられたところだからよ。父親の意向で脳みそを一かけら抉《えぐ》りとられたあとで。

きみはケネディ家と何か繋がりがあるの。

ない。あの頃は精神科の施設のことを何も知らなかった。ローズマリーの預け先としてあの人たちが思いついたのならとても優秀な施設だろうと思っただけ。脳みそを抉りとられたのは別の場所だったと思う。

それはロボトミー手術のことだろうね。

そう。

あの手術はなぜされたんだったかな。

彼女が変な子で誰かに強姦されるんじゃないかと父親が心配した。でも彼女は父親が思っていたような子じゃなかった。

それは事実なのかい。

ええ。不幸にも。

きみ自身はなぜどこかに入らなければと思ったの。

今回？

そう。今回。

ただそう思っただけ。イタリアから来たの。そこで兄が昏睡状態になっていた。病院はプラグを抜く許可をわたしからとろうとした。書類にサインさせようとした。だから逃げたの。ほかにどうしていいかわからなかった。
そうする気になれなかったんだね。生命維持装置をはずす気に。
そう。
お兄さんは脳死状態なのかい。
兄のことは話したくない。
わかった。なぜ昏睡状態になったかだけ教えてくれるかな。
自動車事故。レーサーだった。ほんとにこの話は。
わかった。ぼくに訊きたいことはないかい。
なんのことで。
なんでもいい。個人的なことでも。きみをアリシアと呼んでもいいかな。
個人的なことを訊いてほしいのかしら。
訊きたいことがあればね。訊いてくれていい。
大学で教えてるのね。
マディソンで。そう。
どこにある大学かは知ってる。学者にしてはいい服着てるのね。
ありがとう。
誉めたんじゃないの。精神分析学者じゃないのよね。
精神医学者だ。
医学博士《M・D》じゃないわね。
いや。実はそれだ。

ほかには。

結婚している。子供が二人。妻は市の子供福祉プログラムの責任者だ。ぼくの年齢は四十三歳。

誰も見てないときどういう悪さをする？

悪さはしない。きみは？

ときどき煙草を吸う。お酒やドラッグはやらない。薬物治療も受けない。今煙草なんか持ってないわよね。

持ってないな。持ってきてあげてもいいけど。

いい。

ほかには。

わたしは存在しないと思われる人物たちと密かに会話をする。わたしはあれをじらす女（cockteaser〝ペニスをじらす女＝誘惑しておいて性交させない女〟をぼかしている）と呼ばれたことがあるけどそれは本当じゃないと思ってる。人はわたしを興味深い人間だと思うみたいだけどわたしはそういう人たちとはほとんど話すのをやめた。頭のおかしい仲間とだけ話すの。

ほかの数学者とは話さない？

今はもう話さない。まあ少し話すけど。

それはなぜ。

話せば長くなる。

今でも数学はやっているのかな。

やってない。人が数学と呼ぶようなものは。

前はどういう種類の数学をやっていたの。

トポロジー。トポスの理論。

でも今はもうやってないと。

ええ。気が逸れてしまった。

きみの気を逸らしたものは何。

トポロジー。トポスの理論。

数学の話はとりあえず措《お》いておこうか。

いいわよ。どうせ自分でも何をやっていたのかわかってなかったから。

きみがそんなことを言うなんて意外だね。ほかの数学者からは助言を貰えなかったのかな。

そう。ほかの人たちにもわかってなかったから。

録音は本当にかまわないんだろうね。

ええ。でもファックとかなんとか言ったらどうするの。もう言ったような気がするけど。今また言ったか。

どうするかな。ただ取り決めではきみには編集権がないことになっていると思うんだよね。

まじめに言ってるんじゃないのよ。

あそうなのか。

アリシアでいい。ヘンリエッタよりましだから。

それもまじめに言ってないね。

言ってない。

わかった。でお兄さんのことは話したくないんだね。

なんだかイライザ・プログラムみたいになってきた。ええ。そう。話したくない。

コンピューターによる精神分析プログラムか。

ええ。

よしと。なんの話をしたい。

さあ。わたしはただ減らず口を叩きたいだけじゃないかと思う。実際にわたしと話すとなると二人で少なくともいくらかの見え透いた嘘を潜り抜けていかなくちゃいけなくなるはず。そう思わない？

それともそう思う？

思うね。まったくそのとおりだと思う。

ほら今みたいなやつ。

今のが見え透いた嘘？

もちろん。わたしの言うことをまったくそのとおりだとあなたが思うはずは絶対ないじゃない。

なるほど。

それとなるほどと言うのはやめて。

今のはただきみの見方を理解しようとしているという意味にすぎないんだ。今誰か連絡をとっている人はいる？

実在する人で？

できれば。そうだね。

まあいないかな。

数学者とか。大学の人とか。

数学の話はしないはずだけど。

わかった。

今でもグロテンディークには手紙を書くけど彼はもうフランス高等科学研究所《IHES》を辞めたし返事もくれない。別にいいんだけど。返事は期待してないから。

その人は数学者？

ええ。というか元数学者。

今はどこに住んでいるのかな。

今住んでるところは知らない。まだフランスにいるんじゃないかな。

あまりフランス語っぽい名前じゃないね。

フランス語の名前じゃないから。お父さんの苗字はシャピロ。あとでタナロフと変えた。グロテンディークは無国籍者なの。戦争中に難民になった子供だった。ずっと隠れていた。命からがら逃げたのよ。父親はアウシュヴィッツで死んだ。

手紙はどこへ送るの。

ＩＨＥＳへ。彼がどういう人か知らないでしょ。

ああ。

別にいいけど。わたしたちは親しかった。わたしたちは親しいの。同じ疑念を抱いてるの。

何について？

数学について。

ちょっと話がわからない。

別にかまわないけど。

数学に対して懐疑的なのかな。

そう。

数学という学問になんらかの意味で失望したということ？　ある学問全体を疑うということがあり得るのかどうかよくわからないけど。

その気持ちはわかる。

でもとにかく失望したと。

そういう言い方もできる。

どんなふうに失望したんだろうか。

そうね。この場合は邪悪で異常で完全なる悪意に満ちた偏微分方程式の一団によって引き起こされた失望でその一団は共謀して自分たちの現実性を考案者の脳の疑わしい回路からミルトンの描く反逆に似ていなくもないやり方で強奪し神にも人間にも根拠を置かない独立国の成員として自分たちの旗をひるがえしたの。というようなこと。

ぼくのする質問を幼稚だと思っているようだね。

ごめんなさい。いや。そんなことないのよ。落ち度は発問者にはない。

彼は有名な数学者なのかな。きみの友達は。

グロテンディークね。彼は二十世紀最高の数学者と広くみなされている。ただし二十世紀まで生きていたヒルベルトやポアンカレやデデキントやカントールを除外しての話だけど。これは除外するのが妥当なのよ、というのは彼らの主な仕事は十九世紀になされたから。フォン・ノイマンはわたしは大ファンというわけじゃないし。

申し訳ないが今あがった名前はどれも知らない。

でしょうね。でもかまわない。とも言えないんだけど。まあいい。

グロテンディークだったかな。

ええ。

その人といっしょに仕事をしていた。

仕事と言えるかどうか。長い時間話をしたの。彼は研究所に毎週火曜に来た。彼の家でも長い時間を過ごした。家族といっしょに食事をして。それから会話は夜更けまで続いた。ある意味わたしたちは同じ精神病院に入院していただけだった。ＩＨＥＳは彼ともう一人別の数学者ディュドネのためにモチャーンというロシア人富豪が設立したのね——モチャーンというのは本名かどうか知らないけど——相当イカレた人物だった。モデルにしたのはＩＡＳ。プリンストン高等研究所よ。オッペンハイマーが助言者だった。わたしはそこに一年いたけど当時は研究所の資金が尽きかけていた。結局わたしは奨学金を全部は貰えなかった。女の研究員はわたし一人だった。最初はほかの研究員に厨房勤務かと思われていた。

どうやらいい経験はしなかったようだね。

いやすばらしかった。シカゴ大学でもある程度のトラブルは経験していたし。とにかくグロテンディークはわたしの言うことを一言漏らさず聞いてくれた。頷きながらメモをとって。考えを言って。わたしが思ってもみなかったような問いを投げかけてくれた。

きみは何歳だったの。

十七歳。

それは問題にならなかったわけだ。年齢は。

彼はそんなこと考えてみたこともなかったのよ。

なぜ返事を書いてこないんだろう。

数学をやめたからというのが主な理由でしょうね。

きみと同じように。

そう。わたしと同じように。

それは辛いことだった？

そうね。すべてを失うことよりただ一つのことを失うことのほうが難しいかもしれない。

一つのことがすべてであり得るとか。

そう。それはあり得る。数学はわたしたちにとってすべてだった。数学をやめてゴルフを始めたといったことじゃなかった。今の彼はセミナーなんかに招かれて環境保護や反戦について熱く語る。両親は政治活動家だったの。彼は両親の思い出をとても大切にしていたわ。机にお父さんを描いた鉛筆画とお母さんのデスマスクだというものを飾っていた。でも実際のことを言うと両親は自分たちの決して実現しないであろう政治的な夢のために子供の彼を捨てたのであってわたしの推測では彼は両親の裏切りを正当化するために彼らの大義を引き継がなくちゃいけないと感じているのよ。彼は結婚して子供たちがいる。その子たちに同じことをしないか心配だわ。

泣いているの。

ごめんなさい。

でも彼は数学をすっかりやめてしまったと。

そう。

なぜ。

友達はみんな精神状態が不安定になったせいだと考えてる。

実際そうなんだろうか。

込み入ってるの。最後は信念の話になる。現実というものの性質についての。とにかく同僚だった数学者のなかには数学をやめるのは精神が不安定なせいだという論法を聞いて面白がる人がいるはずよ。

彼は今何歳?

四十四歳。

きみはフランスへ研究所の研究員になりに行ったわけだ。

フランスへ行ったのは兄のそばにいるため。兄に帰国するつもりがあるかわからなくて。でもそうね。あの研究所には入りたかった。わたしのやりたいことをやってたから。

きみはその前にシカゴ大学を卒業していたね。

ええ。

十六歳で。

そう。そのあと博士課程にいた。たぶん今でも籍はあると思う。わたしには私生活がなかった。勉強しかしてこなかった。

数学者にならないとしたら何になりたかった?

死人。

それはどれくらいまじめな返事?

わたしはあなたの質問をまじめに受けとめた。あなたはわたしの返事をまじめに受けとめるべきよ。

きみ大丈夫かい。

ええ。あなたの質問をぶち壊したかもしれないわね。わたしが本当に欲しかったのは子供よ。今本当に欲しいのも。もし子供がいたらわたしは夜その子の部屋に入ってそこに坐ってる。静かに坐ってる。自分の子供の寝息を聞いてる。子供がいたら現実のことなんか気にしないはずよ。

どうも驚いてしまう。

でしょうね。ええ。

会話を続けたい？

わたしはいいけど。とにかくグロテンディークはモチャーンと仲違いをしたの。モチャーンはグロテンディークに研究所をやめさせるため研究所が軍の資金を受けとる予定だと話した。そしてグロテンディークは実際やめた。これが本当の話かどうかは自信がない。資金のことは。

彼は本当に偉大な数学者なのかい。

ええ。

わたしにも理解できそうな業績はないかな。

どうだろう。結局彼は優秀な数学者五人を合わせた以上の仕事をしたのよ。オイラーに近いわね。最後はとうとう代数幾何学の書き直しに乗り出した。結局進んだのは三分の一ほど。数千ページだけ。でも数学を根本的に変えてしまったの。ブルバキ・グループの指導的メンバーになったけど結局ほかのメンバーはついていけなかった。あるいはついていこうとしなかった。ブルバキ・グループの数学は集合論を基礎にしていた——でもそれはだんだん穴が目立ちはじめていた——それでグロテンディークは理論をそれをかなり超えたところへ進めた。まったく新しいレベルの論理的抽象化操作にまで。それは世界の新しい眺め方だった。彼はリーマンが始めたことを完成しつつあったの。ユークリッドを永久に退場させるために。とりあえず第五公準は無視する。ユークリッドに扱えなかった無限が入ってくる。トポスの理論にたどり着くと別の宇宙のとば口に立つ。どこでもないところから世界を振り返ることのできる立ち位置を見つけたわけ。これは単なるゲシュタルト的な変化じゃない。根本的な変化なの。

きみは自発的に入ったんだったね。

ステラ・マリスに。

そう。

強制入院させられたのなら精神疾患が正式に認定されるけど自分で入った場合はだめよね。そこそこ正気を保っていなければ病院へ来るはずがない。自分の意思でね。だから記録上は入院許可を得た形になってる。自分が狂ってるとわかるくらい正気なら自分は正気だと思ってる場合ほど狂ってないのよね。

ここへは以前何度来たんだったかな。二度？

そう。

今回はなぜ？　というのがぼくの訊きたいことかな。

自分の部屋でよく知らない人たちと会うから。

それは特に目新しいことじゃないと思うが。

ここにいる人と会いたかったの。

患者さんたちと。

そう。先生方に会いに来たがると思う？

カウンセラーたちにということ？

ええ。

さあどうかな。

いやわかるでしょ。

きみは薬物治療を受けていないね。

ええ。

それは賢明なことだと思うかい？

何が賢明かわからない。わたしは賢明な人間じゃない。

でも自分が狂っているとは思わないわけだ。

わからない。でもそうね。少なくともあなたたちのマニュアルに当てはまるものはない。

『精神疾患の診断《D》・統計《S》マニュアル《M》』のことだね。

ええ。もちろんそこに当てはまらない人間はわたしだけじゃないけど。

幻覚は今でも見る？

わたしはそれを幻覚だと言ったことはない。

きみはその訪問者たちを存在しない人たち《パーソンズ》と呼んだけど。

人物《パーソニッジズ》たちよ。

じゃ人物たちだ。

わたしは記録を引用しただけよ。

なんの記録？

わたしについての記録。いやでも違う。最近は会ってない。彼らはこういう場所に来るのが好きじゃないみたい。落ち着かないんじゃないかな。にやにやしてるわね。

今のだと精神病院はその施設自体が精神の健康増進に役立つと言ってくれているように思えるからね。なんだろう。教会が邪悪な霊を遠ざけてくれるようなものかな。

その比喩はそこそこ的確だと思う。教会は罪人のことばかり話す。救われた人たちのことはほとんど言及されない。悪魔が関心を持つのは完全に霊的なことばかりだと誰かが言ってる。チェスタトンだったと思うけど。

ちょっとよくわからない。

悪魔は人間の魂にだけ関心がある。魂に関係のない幸福のことはどうでもいい。

興味深いね。きみの訪問者たちだけど。何者なのかはともかくとして。彼らについて何かぼくに話してもらえることはあるかな。

その質問にはどう答えたらいいかわからない。知りたいことは何なの。

彼らに名前はある？

名前がある人なんていない。暗闇のなかでも見つけられるようにこちらが名前をつけるの。わたしのファイルを読んだと思うけど優秀な医者はみんな幻覚として現われる人物たちの描写にはほとんど注意を払わないのね。

きみにはどれくらいリアルに感じられるの。彼らはなんだろう。夢のような質感があるのかな。

そうじゃないと思う。夢に出てくる人たちには論理的な一貫性がない。断片が現われるだけで欠けてる部分はこちらが埋めるでしょ。眼の盲点に入って見えない部分みたいに。彼らには連続性がない。別の存在に変わってしまったりする。もちろん彼らを取り囲む風景は夢の風景だし。

主要な人物は頭の禿げた小人《ドワーフ》だね。

小さい人《スモール・パーソン》。そう。

〈キッド〉だ。

〈キッド〉。ええ。

でも夢のなかの人のようではないと。

違う。同じ部屋にいる人のよう。

その人たちがなぜ特定の外見を持っているのかに関してきみには何か考えがあるかな。

それより別の問いを立ててみない？　彼らの外見はその外見を構成する要素でできている。あなたが本当に知りたいのは彼らがなんのシンボルなのかじゃないかな。わたしには全然わからない。ユングの信奉者じゃないしね。あなたのさっきの質問はあなたがあの馬鹿げた風変わりな集団を組織化できる可能性があるかもしれないと考えていることをも示唆している。何らかの方法で組織化できるんじゃないかと。それぞれの人物はほとんどリアリティの微光でちらついている。わたしには彼らの鼻毛が見えるし耳の穴のなかも見えるし靴紐の結び目も見える。あなたはそこからわたしの混乱した精神的プロセスをオペラに仕組んで上演できるかもしれないと考えてる。まあがんばって。

でもきみはほかの人たちがそういう人物たちの実在することを信じないということはわかっているんだろう。

実在の定義を言って。

え？

わたしはほかの人たちが何を信じるかにあまり興味はない。ほかの人たちには意見を持つ資格があると思ってないから。

彼らは見てないから？

ふむ。その論法は論理的に行き詰まるんじゃないかな。あなたはどう思う？

きみが描写するようなスケールの幻覚がごく稀なことはきっときみも知っているだろう。きみが作りあげた話かもしれないと考えるカウンセラーは一人じゃないからね。

作りあげた話。

そう。

それはかなりおかしな言い回しにならない?

きみがその人物たちを作りあげたという話を作りあげたという。

そういうこと。まあ彼らにも意見を持つ資格はないけど。

カウンセラーたちにも?

カウンセラーたちにも。

そうかもしれない。その事柄《ビジネス》はいつ始まったのかな。何歳のときに。

わたしが華麗なる精神異常者として売り出してると思ってるわけ。

いや。思ってない。もちろんきみは検査を受けたくないわけだ。

ええ。あなたは受けたい?

いや。結果が良好とわかっているのでない限りね。しかし検査全般についてきみはどう思っているんだろう。的外れ?　侵襲的?

ただ好きじゃないとだけ言っておく。

でもいくつかの検査は受けているね。上級のレイヴン・テスト(知能検査の一つ)は満点だ。

前にやったことがあったから。

でも時間は前より速かった。

最初のほうのはかなり馬鹿な問題よ。欠けている図形を答えるだけ。複雑になると言ってもごく初歩的なやり方で要素を組み合わせてるにすぎない。問題はだんだん難しくなるけどそう異質なものにはならないのよ。それに図形がどれだけ複雑になってもルールは六つしかないから。

テストでは最後に三次元の基盤《マトリシズ》を二つ作図するんだね。

格子《ラティシズ》よ。そう。一つは幾何学的でもう一つは数理的な問題。そんなに難しくなかった。でも有望な問題のように見えると思った。わりとすぐに相当手ごわい問題に変えられると見た。次元性を正しく捉えないと段階的にたどっていけないから。検査の実施者からはなんの連絡もなかった。ある検査で最高の結果が出てしまうのならもっと難しい検査を作る必要があるんじゃないかとわたしは思う。あなたは〈一味《ホーツ》〉のことを話したかったんだと思ったけど？

なんのことを？

〈一味《ホーツ》〉（horts）よ。存在者たち《エンティティーズ》。一味《コーホーツ》（cohorts. cohortの複数形）のホーツ。

それも一つの言葉なのかな。ホーツというのも。

今はもうそうなの。一番近い言葉はオーツ（orts. ortの複数形）。英語では〝かけら〟のこと。ドイツ語では〝場所〟。ともかく、何歳だったかという件。あなたの質問への答えだけど。初潮の頃とファイルにはあると思うのよね。

あれは正確なのかなと思ったんだ。ちょっと早くないかと。

まあ早熟とさえ言えるかもしれない。

かまわなければ教えてほしいんだがそれは何歳だった？

十二歳。

精神分裂病は典型的な例では女性の場合十代の後半か二十代の前半まで発現しないものだが。

わたしは精神分裂病と正式に診断されたことはないの。

そうだね。

そのうち精神異常全般の検査ができるかもしれない。どう思う？

きみはここでミネソタ多面的人格目録《MMPI》性格検査を受けているね。二年前に。

そうね。

精神異常全般のことだが。きみは精神病質的偏奇性に分類されてそこにかなり芳しくない形容詞がいくつもつけられている。これは第四尺度だ。ミネソタ検査について知識はあった？

いいえ。わたしは精神科の検査について勉強したりしない。とんでもなく愚劣で無意味だと思ってるから。だからどんどん不機嫌になっていって。最後には殺人衝動のある精神異常者だと診断されるような反応をしていったのよ。

監禁されることは心配しなかった？

わたしは監禁されてたの。

ミネソタ検査にはなんの興味も覚えなかったのかな。

ええ。

スタンフォード＝ビネー式知能検査では九十六だった。

百を狙ってたの。

なぜ？

それが平均値だから。

本当のＩＱはいくつ？

測ってない。

それはある種傲慢なんじゃないかな。検査を拒否するのは。

拒否はしてないいから傲慢じゃない。ともかくスタンフォード＝ビネー式は人種差別的よ。数ある問題点のなかでも特に。

どう人種差別的なんだろう。

検査には音楽の問題がないでしょ。たとえば。明らかに音楽は重視されてない。ある黒人の男がI

Qは八十五だけどどう考えても音楽の天才だとする。とてつもない天才だと。でもＩＱ検査の連中にはただの馬鹿でしかないわけ。

きみは知能検査の研究者自身の知能がそれほど高くないと考えているんだろうね。

あの世界の人間で多少とも数学を理解している人というのは一人も会ったことがないわね。知性は数字。言葉じゃない。言葉は人間がでっちあげたもの。数学はそうじゃない。ＩＱ検査の数学と論理の問題は冗談みたいにくだらない。

どうしてそうなったんだろう。知性が数字的なものだというのは。

たぶん初めからそうだったのかもしれない。あるいは人間は数を使うことで知性を発達させてきたか。最初の言葉が生まれる百万年前からね。ＩＱが百五十以上になるには数字が得意でなくちゃいけないの。

きみがいくつかの検査でやったように狙った結果を出そうとするならその検査のことを知っている必要があると思うんだが。

ある程度慣れてたから。大学の学部では人文系の科目でくだらない課題書や資料をいっさい読まずにAをとらなきゃいけなかったし。

課題書や資料は読まない主義だったと。

いや。単に時間がなかったから。

なぜ時間がなかったのかな。

一日十八時間数学をやってたから。

そんなこと不可能だと言う人もいそうだけど。

うん。いる。

第八尺度のほうはどうなんだろう。

それ何なのか知らない。

まあだいたい精神分裂病の検査だね。

あそう。わたしの結果は？

ぎりぎり切り抜けた。きみが検査を操作していたのならきみは分裂病ではなくそのことで嘘をついているのかもしれないね。もちろん検査は頭部損傷や癲癇《てんかん》もチェックするように作られているわけだが。

わたし子供のときに頭から落ちたことがある。

本当に？

嘘よ。

きみがやっていた数学だが。全部が与えられた課題だったということはあり得ないよね。

与えられた課題だったものなんて一つもない。

一番興味を惹かれたのはどういう点なのかな。

ゲーム理論にある程度の時間をかけたことがある。何か誘惑してくるものがあるのよ。フォン・ノイマンはあれにのめりこんだ。のめりこんだは言葉が違うかもしれないけど。でも結局ゲームの理論は説明する能力のないことを説明してくれるかのように期待させたってことがわかってきたと思う。それは本当に不自由な理論《ゲーム》。それ以外の何物でもない。コンウェイがどんな理論を打ち立てようと。まず手もとにあるのは道具なんだけど人はそれが一つの理論を形作っていくことを期待するわけ。

でもゲーム理論は一つの理論ではあるんだろう？

まあそう言うのならそれでいいけど。

きみはお祖母さんの家の屋根裏部屋に住んでいたと。

ええ。母が死んだあと。ボビーが住めるようにしてくれた。

そこが初めて幻影が現われた場所なんだね？

そう。

きみが数学をやっているあいだ彼らは何をしていたんだろう。

知らない。しばらくするとわたしは概ね彼らを無視していたから。〈キッド〉を除いては。彼は無視するのがとても難しい人なの。

きみが彼らにそれほど当惑した感じがないのが不思議なんだが。

うーん。わたしは十二歳だったから。それが普通じゃないことがどうしてわかるっていうの。

でもわかっていたんだろう。

普通じゃないのはわかってた。でも自分にとっては普通じゃないとは思わなかった。

彼はなぜ〈キッド〉と呼ばれるのかな。

〈サリドマイド児《サリドマイド・キッド》〉の略。手がないの。鰭があるだけ。

それが例の小人だね。

小さい人。

ほかには誰が。

大勢いる。みんなエンターテイナー。という触れ込み。

その人たちは楽しませて《エンターティニング》くれるかい？

いいえ。

彼らはふっと現われると。どこからともなく《アウト・オブ・ノーウェア》。

どこからともなくの反対は何？　どこからか《アウト・オブ・サムウエア》？　まあいいか。どこからともなくよ。どこでもな《ノー》い場所《ウエア》にこだわりましょ。ねえ。わたしこういう会話はそらで覚えてるくらいなんだけど。

ほかのカウンセラーとこういう話をしたんだね。

そう。

ぼくにどうしてほしい。

意表を衝いてほしい。

きみの意表を衝く。

ええ。でもまあ。息を詰めて待ちはしないけど。事実的なものと疑わしいものはどちらも同じく時間の経過とともに薄れることを免れない。出来事の記憶には現実が関係している未解決な融合がある。人は悪夢から眼醒めてほっとする。でもそれで悪夢が消えるわけじゃない。ずっと存在しつづける。それが忘れられたあとですら。理解できない何かがあるという感覚は人に取り憑いてその後も長く残る。あなたがわたしに訊こうとしていることだけど。答えはノー。彼らはただ単純に現われるだけ。予告はない。異臭も音楽もない。わたしは彼らの声に耳を傾ける。ときにはね。ときにはただ眠ってしまう。

彼らが部屋にいても眠れるのかい。

まるでゼノンと会話してるみたいね。その質問について考えてみたことがある？　あるものが探している場所には絶対にないというのは面白くない？

わかった。でも総じてきみは彼らを怖いとは思わないわけだ。

ええ。

それはきみにとって奇妙なことではないと。

そう。わたしは十二歳だった。それは性的成熟とともに起こるものだとたぶん思ったのね。ほかの人はみんなそう考えた。ともかく怖いのは性的成熟であって幻影じゃなかった。生活が馬鹿みたいに単純であればあるほど夢は怖いものになる。無意識があなたの眼を醒まそうとしつづける。あらゆる意味で。危険は底なし。息をしている限りもっと怖くなる可能性がある。でも違う。彼らは彼らがそうであるものにすぎない。何であるにせよ。わたしは彼らを超自然的なものだと思ったことがない。結局のところ怖がることは何もないの。わたしはすでに自分の人生には人に知らせずにいるのが一番だということがいくつかあるのに気づいていた。七歳頃からは共感覚のことを人に話さなくなった。たとえばね。わたしはそれを普通だと思っていたけどもちろん普通じゃなかった。だからそれについてはロをつぐんだの。ともかくわたしは何かがやってくることを知っていたけどそれが何かはわからなかった。結局のところ人は自分の人生を理解できようとできまいと受け入れることになる。わたしがあの幻影《エイドロン》たちに恐怖を覚えたとしたらそれは彼らの存在や外見じゃなく彼らが考えていることに対してだった。わたしにはそれがまったくわからなかった。彼らについてただ一つ理解していたのは彼らが形と名前のないものにそれらを与えようとしていたということだけだった。そしてもちろんわたしは彼らを信用していなかった。話を次に進めたほうがよさそうね。

しかし彼らは意のままに現われたり消えたりできるのかな。

意のままに？

そう。

やれやれ。わたしにはその質問に答えられない。彼らが示す唯一の意志はショーペンハウアーの意志みたいなものだから。

ぼくが言おうとしているのは幻覚に不安を感じない患者さんは珍しいということだ。患者さんの理解ではたいてい幻覚は現実のある種の崩壊を表わしていて彼らにとっては怖いものでしかあり得ないんだ。

彼らにとっては。

そう。

そうだなあ。たぶんわたしが理解しているのは精神錯乱者の世界の中核には世界には別の世界があって自分たちはその一部じゃないという認識があるということだろうと思う。彼らは自分たちを保護管理している人たちはほんの少しのことしか要求されず自分たちは多くのことを要求されていると見ている。

きみはそれを本当だと思う？

いや。でも彼らはそう思ってるのよ。

それらの存在たちはきみを楽しませにきているのにそれがあまり上手じゃない。楽しませるとか。気晴らしを与えることが。彼らは何をしているつもりだと思う？

彼らが何をしているつもりかは知らない。お話にならないくらいつまらないから。

彼らの望みは何なのかきみには何か考えがあると思うんだが。

彼らは人が考えたことのないことを世界にしたいのよ。世界を尋問したいの。

なぜそんなことを。

なぜならそれが彼らだから。そういう人たちだから。世界を肯定したいのなら異様な存在を作りあげる必要はないでしょ。

演芸はそのためなのかな。それを演芸と呼べるとしてだが。世界についての疑いを提起するのが目的？

別におかしくないでしょ。

彼らについてほかに何が言える？　彼らには影ができるかい？　鍵をかけた部屋に入ってこれる？

彼らは簡単に外見を操作できるの。それを前提にすれば夢のなかの人に影ができるかなんてことを問題にしようとは思わないはずよ。

うん。そうだね。でもきみは彼らは夢のなかの人のようじゃないと言っただろう。

ええ。そして彼らはある程度のエネルギーを注いでもっともらしい外見を整えようとすると考えてもいいかもしれない。でもそれはジェスチャーゲームなの。気晴らしの娯楽なのよ。

何から気を晴らすための？

なんだかふりだしに戻ったみたいね。幻覚が果たすべき務めの第一は現実のように見えることだというのは本当だと思うけど自分の信用証明書が失効している現実と張り合おうとするなら別の課題が必要ということになる。この新しい世界のなかでそれにふさわしい服装を整えることはせいぜい準備作業にすぎない。

今彼らを幻覚と呼んだけど。

あなたの世界で生きようとしているだけよ。

今のはちょっとふざけているね。

ほんとにこういうことを追求したいの？

こういうこととは何かよくわからないが。

世界には喜びが少ししかないということは単なる物の見方の問題じゃない。どんな善意も疑わしいの。あなたが最後に悟るのは世界はあなたのことなんか考えてないってこと。考えたことがないってことよ。

ほとんどの人は与えられた日々を何か絶望とは別の状態でなんとか生きているわけだけど。

ええ。そうね。

もしきみが世界について何か決定的なことを一文で言わなければならないとしたらどういう一文になる？

それはこうよ。世界は破壊するつもりのない生命を一つたりとも創造したことがない。

それは本当だろうね。するとどうなんだろう。世界が考えていることはそれだけだろうか。

世界に心があるならその心はわたしたちが思っているよりずっと酷いものね。

心があるだろうか。あるとしてそんなに酷いものだろうか。

話がそこまで行くかどうかはわからない。

このセッションで。

そう。与えられた日々に戻りましょ。

わかった。

わたしは同じ人生を生きてもいいという人はいないんじゃないかと思っている。一日を繰り返すのがやっとだろうと。

ぼくはもう一度生きてもいいと思える日が何日か思い浮かぶけど。

嬉しかったときとか何かが理解できた瞬間なんかはそうでしょうね。でもまるまる二十四時間となったら？

それもないとは思わないな。きみは死のことを長い時間考えることがある？

長いがどれくらいなのかわからない。死について考えることには哲学的な価値があるとされている。不安を和らげる作用すらあると言われる。平凡なことを言うようだけど満足して死ぬための一番の方法は有意義に生きることよね。誰かほかの人のために死ねばその死に意味が付与される。その誰かもどのみち死ぬという事実はとりあえず無視して。

今の言葉はどの程度が感動を誘うためのものなんだろう。

まあ全部かな。

じゃあたとえばだ。ほかの人たちのために生きるのはどうだろう。

そうねえ。明確なまとまりのない他者たちを社会的イデオロギーを通さずあくまで現実の諸個人として見ながらそういう行動をとる人はあまりに希少で少なくとも神経症患者とはみなされるでしょうね。あなたはどう思う？

そのとおりだね。ファイルのなかにきみは自分が腐っていくように感じているといった意味の記録がある。これはきみが使った言葉だろうと思うけど。そういうことを言った記憶はあるかな。かなり古典的な身体的妄想のように聞こえるんだ。まるで文献からそのまま引っ張ってきたみたいに。これはきみが医者を騙しただけかな。

ただ退屈してただけかもしれない。

まあ誰でも退屈はするからね。

そんなことない。

そう？

そうよ。普通の人は退屈とは何かすらわかってない。

ふむ。今の言葉は額面どおり受けとっておこう。ただ知性それ自身は一般的に退屈を遠ざけるものだと思うんだが。

そう思う。ある地点までは。そのあとでドアが破れる。

ぼくの推測ではこの医者やカウンセラーたちはきみを疑い——その一部の人は最後にはきみの言うことをすべて信じなくなったようだが——そのことできみを治療することが困難もしくは不可能にさえなったような気がする。きみがすべての話を作りあげていると信じたためにきみをどう扱ったらいいかわからなくなったんだ。

すべての話を作りあげていると。

そう。

例の厄介な言い回し。

ああ。

あの人たちは何をすることで給料を貰ってると思ってるのか訊いてみてもいい気がする。彼らはわたしの錯乱や虚言好きを説明したいのだろうけど実際のところは何も説明できずにいるの。妄想の症状がある人やあると思いこんでる人の治療のほうが簡単だとでも思ってるのかしら。それがどんなふうに聞こえるか耳を傾けてみるべきよ。ともかくわたしはもう説明しようなんていう気はとうに失せてる。もう終わってるの。

きみはここに馴染んでいるかな。このステラ・マリスに。

いいや。でもこれじゃあなたの質問への答えにならないわね。わたしが今までに所属していた社会は数学の世界だけなの。自分が所属する場所はそこだというのは前から知っていた。そういう場所としては宇宙よりも優位にあるとさえ信じていた。今でもそう信じてる。

宇宙よりも。

そう。

ぼくを玩《もてあそ》んでるんじゃないよね。

それほどは。

からかっているんじゃないよねという意味だけど。

どういう意味かはわかってる。

ぼくはきみが精神科の施設で居心地よいと感じていることに驚いているだけだと思う。

もしかしたら居心地の問題じゃないかもしれない。精神錯乱者に与えられている自由度を利用させてもらってるだけかもしれない。

ほかの患者さんとは話をするの？

ええ。もちろん。

彼らはきみに本当のことを話していると思うかい。

なんのことで？

全般的に。なんのことでもいい。

どうだろう。答えはノーかな。わたしが思うのはここにいる人はみんなここにいるほかの人全員がここにいて当然だということに概ね同意してるってこと。それはよそでは見られないことよ。

なるほど。

それを言うのほんとやめてもらえないかな。

できるだけ気をつけるよ。きみの使い魔《ファミリアーズ》たちのことだけど。いや彼らをどう呼んでいいかほんとにわからないんだが。

使い魔たちでいい。

彼らはある種の優位性を持っているんだろうか。この点がはっきりしないんだが。彼らはきみに何かしろと命令するかい？

しない。彼らが持ってる優位性は向こうはわたしが誰だか知ってるけどこちらは彼らが誰だか知らないということよ。

それが彼らとの関係をかなり明確に表わしている？

ひょっとしたら単純にそれは人が世界に対して持つ関係の一つのモデルなのかもしれない。

翻訳すると世界はきみが誰だか知っているがきみは世界を知らないと。そう信じている？

いや。世界を経験するということはあなたがここにいることを世界は知らないという不愉快な真実に逢着することだとわたしは思う。それが何を意味するのかは知らない。もっとスピリチュアルな考え方をする人は匿名ということに恩寵を見出そうとするでしょうね。祝福されるということは悲しみと絶望を饗応すること。どう思う？

わからない。

それは人が問いかけることじゃない。人は不思議に思うだけ。実際のところ世界はわたしたちを意識してるんだろうかと。でもそれにはいい仲間がいる。その質問には。こういうのはどう。われわれには存在する資格があるんだろうか？　それは特権だと言ったのは誰だったかな。ここに存在することと二者択一の関係にあるのはここに存在しないことよね。でも本当を言うとその関係にあるのはもうここには存在しないということなの。初めから存在しなかったということはあり得ない。初めから存在しなかったのならあなたがそもそも存在しないから。どう思う、先生？

よかったらマイケルと呼んでくれてもいいが。

いや。よくないかな。

でもぼくがきみをアリシアと呼ぶのはかまわないと。

ええ。

もともとの名前はアリスだよね。

それは父親のユーモアのセンスのせい。

というと。

ボブとアリスというのはある種の科学技術の分野でよく説明に使われる架空の人名よ。それを変えたの。十五歳のとき。

自分の名前を。

ええ。

法的に変えたんだ。

そうよ。

それは十八歳にならないとできないんじゃ。

そう。だからまず出生証明書の記載を変えたの。

どうやって。

兄の友達にジョン・シェダンという犯罪者がいてそのまた友達がテネシー州モリスタウンで印刷屋をやってたんだけど専門は書類の偽造だった。それはともかくアリシアのほうが気取ってると思ったのよ。

きみは気取りたかったわけ？

あなたはほんとにイライザみたいね。わたしはテネシー州ウォートバーグ出身のアリス・ウェスタンだったけどホーエンツォレルン家のプリンセスになりたかったのよ。ほんとにそうなのかもしれない。賢い子供。

話を前に進めようか。きみの好きな言い方を借りるけど。

いいわよ。

長い沈黙。今何を考えているか訊いてもいいかな。

なんにも。考えてない。

それは可能かという問題もあるけど。

ああ、そうね。わたしはよく何も考えまいとする。もちろん自分に向かって話しかけるのをやめることはできる。だけどそれも自分に話しかけることによってのみできるのよね。呼吸を数えたりマントラを唱えたりして。考えるのをやめるのはそれより難しい。

考えることと話すことは違うものだ。

話すというのは考えていることをただ記録していくこと。考えることそれ自体じゃない。わたしがあなたに話をしているときわたしの心の一部がこれから話すことを組み立てている。でもそれはまだ言葉の形でじゃない。じゃあなんの形でか？　わたしたちが言おうとしている言葉をホムンクルスがわたしたちに囁きかけるという考えは間違いなくおかしい。囁くホムンクルスに誰が囁きかけているのか――そんな無限後退の幽霊が現われてしまうほかにも――思考の言語という問題も持ちあがる。これはわたしたちが心から世界へどうやって出ていくのかという一般的な難問の一部ね。眼の見えない婦人が編み物をするように一千億のシナプス事象が闇のなかで生じる。〝これをどう言う《プット》といいだろう〟とわたしたちは言う。そのときわたしたちは何を置く《プット》のか。置こうとしている〝これ〟とはなんなのか。話を前に進めたほうがいいかな。わたしの好きな言い方だとあなたが言う言い方をするけど。

何かを変えられるとしたら何を変えたい？

なんでもいいの？

なんでもいい。

わたしはここにいないことを選ぶ。

この面談の場に？

この惑星に。

きみは前に自殺防止の監視を受けていたことがあるね。この問題はどれくらい深刻なことかな。

自殺がどれくらい深刻な問題か？

いや。自分にリスクがあると思っているかどうか。

言ってる意味はわかる。そのことを考えてるあいだはたぶん大丈夫。一度決心してしまうともう何も考えることはなくなるの。

それできみはそのプロセスのどこにいる？

わたしは自殺防止の監視をされないほうがいい。

ぼくもそのほうがいいな。

指をぱちんと弾けば消えてしまえるとしたらどれくらいの人がそうするか。どう思う？　今いることと今までいたことの痕跡が全部消えるの。

どうかな。きみやぼくが思っているより少ないかもしれない。

自分が初めから存在しなければよかったと願うこと。もう一度言うけどそれはもう存在しないということと同じじゃない。あれは誰だったかしら。アナクシマンドロス？　誰にとって同じ？

見当もつかないな。

どうしても認めざるを得ないのは最後に息を引きとるとき人は死を受け入れるだけじゃなくその身を死に捧げるということ。そのとき何か啓示がおりるに違いなくてそのおかげでひどく呑み込みの悪い勘違いをした人間でさえもが単に受け入れがたいだけでなく想像もできないようなものを受け入れることができるのよ。どんな人間の死も世界の絶対的な終わりを意味する。でも世界のほうはその死んだ人間がどうなったのかなんて一瞬たりとも考えてみない。

誰もが死ぬということも慰めにはならないだろうね。

どうだろう。死んだ人たちはある種のコミュニティを作ると考えることもできるかもしれない。もっともたいしたコミュニティになりそうもないけど。お互いのことを知らないしそのうち誰にも知られなくなるから。それはともかく。精神生活が大多数の人のそれと合わない人たちはくそいまいましいことにそのことだけで精神病だと宣告されてしまうし薬物治療が必要だということは表面上馬鹿げたことであるということだけなの。心の病と身体の病の違いは心の病の対象が常にそして専《もっぱ》ら情報であるという点にある。

情報。

そう。わたしたちは知る必要の原則に基づいてここにいる。進化の過程には生存に影響しない現象の存在をわたしたちに教えてくれる機構なんてない。ここにあるものでわたしたちの知らないもののことをわたしたちは知らない。わたしたちは考えるだけ。

それは超自然的なものということだろうか。

それについてのものだろうと思う。

それについてのもの。

それについてわたしたちが語り得ないもの。

ヴィトゲンシュタイン（ヴィトゲンシュタイン『論理哲学論考』に、〝語り得ないものについては沈黙しなければならない〟という有名な言葉がある）。

よくできました。ご褒美のパン屑が足りなくなりそう。

使い魔だけど。いなくなったことできみはほっとしている？

どうかな。もしかしたらあなたはわたしが彼らを追い払える力をいつも持っていたと思いこんでるのかもしれない。あるいは彼らはわたしが招くからやってきたんだとすら。でも仮にそれが本当だとしてわたしにそれがわかるのかしら。

なぜわからないのかな。

それはたぶん〈妄想存在《キメラ》〉を家に招くのは近所の人をお茶に招くより難しいことだからよ。彼らに帰ってもらうのも。もちろん帰ってくれと言われたことのある近所の人たちはもう二度と行くまいと心に決める。そうなると彼らのもとには銀器を盗んでいく自由がより大きな形で残ることになる。

〈妄想存在〉は何を盗んでいく可能性があるか。わからない。彼は何を持ってきただろう。持ってきたもので残していってもいいと思うようなものが何かあるだろうか。彼が実体のない霞のような存在だからといってこちらの家を出ていくとき家が前と同じ状態だとは限らない。

面と向かって彼を〈サリドマイド児〉と呼んだことはある？

ある。一度だけ。

彼はなんと言った？

こう言った。ああもう、ジーザス《ジーザス》、ジェシカ。きみにはほんとにまいるな。

本当にそう言ったの。

本当にそう言った。

今きみには家族との繋がりはあるのかい。

いるのは祖母だけ。

伯父さんがいたと思ったけど。

いる。でもわたし以上にイカレてる。祖母はもうすぐ伯父を施設に入れると思う。最近は見つけるのが難しい場所で排便する癖がついてるらしい。どうやったのか知らないけど台所の天井の電灯のなかに大便をしていたこともあるそうよ。たとえばね。祖母と電話で話すの。まあそれはめったにしないけど。祖母は電話を贅沢品だと思ってるのよ。生まれ育ったテネシー州では昔は金持ちしか電話を引いてなかったって。ロードアイランド州には父方の親戚がいるけどよく知らない人たちなの。

それはなぜ。

彼らは父が自分たちより身分が下の相手と結婚したと思ってたの。わたしたちのことを山暮らしの田舎者だと思ってたらしい。

きみはそれを不愉快に思った？

いや。彼らは馬鹿の集まりだから。ということは不愉快に思ってたことになるのかな。わからないけど。その人たちのことを考えたことはないの。

最後にお祖母さんに会ったのはいつ。

三カ月ほど前。

また会うつもりはある？

なんだか遠回しに探りを入れてくるのね。

お祖母さんが好きかどうか知りたいだけなんだ。

すごく好き。わたしが十二歳で母親を亡くしたとき祖母は自分の娘を亡くした。共通の悲しみが絆を強めたわけだけどその頃からすでに祖母はわたしのなかに何か言葉で言い表わせないものを見始めていた。神童《プロディジー》という言葉が驚異的で不吉なものという意味のラテン語から来ていて怪物の意味にもなることはきっと知らなかったと思う。でも当時からわたしが示していた知能の働きは利発というような段階をとっくに超えていたのよ。わたしは祖母が大好きだった。でもときどき祖母がわたしをものすごく変な眼で見ているのに気づくことがあった。わたしは学校では厄介者だったから尼さんたちから見せしめに叱られた。小学校の最後の二学年は修了してないの。わたしはあまり眠らなくなった。あるよく夜中に道路を歩いた。片側一車線の田舎のアスファルト道路で車も人も全然通らなかった。ある夜帰ってきたら台所に明かりがついていた。午前三時頃でわたしが車回しを歩いていくと勝手口に祖母が立っていた。そこにたどり着く前に祖母はもうなかに入って階段をのぼっていた。これがきちんと話し合う最後のチャンスかもしれないと思って呼び止めようとしかけたけど結局そうしなかった。もう少し大きくなればいろんなことが変わるかもしれないと思って。わたしは祖母と祖母の人生のことを考えた。祖母が娘に対して持っていたに違いない夢や祖母自身が見ていた夢のことを。祖母がわたしのために泣いてくれた以上にわたしは祖母のために泣いた。祖母はわたしよりボビーを愛していたけどそれはかまわない。それでもわたしの祖母を愛する気持ちは減らないの。わたしは祖母についてわたしに知る権利のないことをいくつか知っていた。それでもわたしはもし十二歳の孫娘が夜中の三時に外を歩きまわるのならたぶんじっくり腰を据えてそのことを話し合うべきだろうと思っていた。でも祖母にそれができないのをわたしは知っていた。

なぜできなかったんだろう。ちょっとわかりにくいんだが。

どう答えていいかわからない。どういう言い方がいいのか。たぶん一番単純な説明は祖母が悪い知らせを聞くことになるのを知っていてそれを聞きたくなかったというものね。祖母がわたしを怖がっていたというとちょっと言葉が強すぎると思う。でもそうでもないかな。それからわたしの推測ではわたしの行状がどんなに悪いように見えてもわたしから聞くことになる話はもっと悪いものじゃないかと祖母は恐れていたと思う。もちろんその恐れは正しかったわけだけど。

お祖母さんはきみのお母さんが亡くなったあときみたちを育ててくれたんだね。

ええ。

お兄さんは何歳だった？　そのとき。

十九歳だった。

きみたちのお父さんはまだご存命だった。

ええ。

でもお父さんにはあまり会わなかったんだね。

そう。

お父さんはお母さんのお葬式に来たかい。

いいえ。

ほんとに？

ほんとに。

きみはそのことで気持ちが乱れた？

ううん。わたしも行かなかったから。

お母さんのお葬式に行かなかったの。

ええ。

家族はなんて言った？　お兄さんは行ったの。

ええ。もちろん。わたしは十二歳だった。宗教の信仰について危機を迎えていた。教会の中央通路に据えた母の棺を主役にした荘厳ミサなんて出たくなかったのよ。出られるわけなかった。

お兄さんはなんと言った？

わたしの頬にキスをしておまえを愛している別にいいんだと囁いた。だからそれでよかった。

だからそれでよかった。

そう。ねえ。それじゃ壊れたレコードよ。わたしはこれをあなたのためにやってるの、自分のためじゃなく。わたしは手紙を届けてくれと頼まれてただし読まないでと言われたの。でもわたしは読んだ。もう読まなかったことにするのは無理だった。時間切れ。

ああ。うん。そうだね。

II

調子はどう。
まあまあ。
先週は会えなかったね。
そうね。だってほら。わたし忙しかったから。
忙しかった。
冗談よ。
わかった。
うん。
あれからどんなことを考えていたかな。
さあ。あなたの奥さんはどんな人？
ぼくの妻。
そう。
イタリア系だ。もう少し詳しく？

ええ。

魅力的だよ。バッハが好きで。イタリア料理が好き。聴力障害を持つ子供たちのために働いている。

料理は得意？

得意だね。

ユダヤ系じゃないのね？

ユダヤ系でもある。

いい人なの？

とてもいい人だ。

何か言ってないことがあるみたい。

ぼくたちは離婚していた。三年のあいだ。それから再婚した。

奥さんに酷いことをしたのね。

そういうことだ。

どうして。

ぼくが愚かだったから。

オッペンハイマーもそう言った。自分は愚かだったと。聴聞会で。

愚かという言葉が似合わない人物のようだけど。

だからその発言が長く記憶されてるんだと思う。アインシュタインやディラックやフォン・ノイマンを知っていた人たちが彼こそがかつて会ったなかで一番頭のいい人だと言った。

オッペンハイマーのことを。

そう。

きみのお父さんは彼を知っていたと思うけど。

父は彼の部下だった。

お父さんはどんな意見を持っていたかな。

オッペンハイマーについて。

そう。

愛想がよくて魅力的で博識な人だと思ってた。パーティのホストとして最高の人。でもちょっと怖いところがある。

怖いところ。

そう。

どういう意味で。

父の考えではオッペンハイマーの知性には抑制のきかないところもあった。悪い決定をしてしまう余地があった。

実際そうだった?

そうね。

でも悪魔的ではなかったと。

悪魔的は言い過ぎ。

悪魔はきみの世界観のなかにないと思っているんだ。たとえきみが物事のなかに悪魔のようにとても邪悪なものを認めているらしいとしても。きみはこの前チェスタトンの言葉に言及したね。

そうね。悪魔を見たことはない。だからといって現われないということじゃない。チェスタトンが言ってないのは神の関心事は奇妙に物質的だということ。完全に霊的な存在であるならなぜ物質的なものに手を出すのかって話。最後の審判の日に死体が蘇る？　何それ。死んだら魂が肉体を離れるんじゃなかったの？　でも復活したキリストは肉体を備えた存在として昇天したらしい。神格を持つ存在が前には負わされていなかったものを負わされる。こんな馬鹿げた話をどう理解したらいいのかしら。チェスタトンがこの問題に近づかないようにした理由がわかるでしょ。

これもきみが言った精神的な危機の一部なのかい？

今のはただのコメントよ。現実のなかに精神性を求めることは人類が大昔からしてきたことでまだ当分やめそうにない。すべてはモノにすぎないという考え方は人間には満足できるものじゃないみたい。

きみにとっては満足できるものなのかな。

そこが問題ね。

きみはロスアラモスで育ったんだね。

ええ。母が死ぬまではそこに住んでた。ああでも。母はテネシーで死んだんだけど。

ロスアラモスのことは覚えている？

ええ。もちろん。

そこから引っ越したときぎみは何歳だった？

十一歳。

十一歳か。

そう。

どんなだった？

ロスアラモスが？

ああ。

戦争中はすごく未開の地だったと思うのね。消火器は八千個あるけどバスタブは五つしかないみたいな。それにすぐにぬかるむ土地がずうっと広がっていた。わたしが主に覚えているのはわたしたちの家で大人たちが夜中の三時まで喋っていたこと。

きみも夜中の三時まで起きていたのか。

ええ。家のなかには香水と煙草の煙の匂いが漂った。ガラスの器が触れ合う音が聞こえた。わたしは最後の客が帰ってしまうまでじっと寝て耳を澄ましていたの。

大人たちが何を話していたのかはわからなかったんだね。

わたしにわかったのは彼らが話していることをわたしも学ばなくちゃということだった。

物心がついた頃に考えていたことを覚えている？

わたしは考えることとしかしなかった。

よくわからないが。

わたしは自分がこれから長くいる場所にいることを理解していてこの場所のことを知らなければならないと思っていた。自分がどういう場所にいるのかを知ることにすべてがかかっていると。どこかにほかの場所があると思っていたわけじゃない。この世界の絶対性はわたしには明らかだった。でもその世界がどういうものかを知る必要があった。

そう思ったのは不安だったから？

そう。

返事が早いね。

子供は怖がりな生き物よ。

数学を発見したのは何歳のとき？

たぶん記憶が残ってない頃の年齢ね。最初は音楽が好きだったの。絶対音感があった。今もある。あとになるとたぶんわたしは世界を音楽の包括的な説明に対する反証として見るようになったと思う。でも音楽はいつもすべてのものの例外として立っているように思えた。音楽はこの上なく神聖なものに思えた。自律的なもののように。徹頭徹尾自己言及的であらゆる部分が整合的。あなたが音楽を超越的なものとして描写したいのなら超越について語り合うことはできるけどたぶんわたしたちはそこまでは行かないわね。わたしは強度の共感覚者で仮に音楽に少数の人しかわからない色や味といった性質があるとしたらたぶん音楽にはまだ識別されていない別の性質があるだろうと思っていた。こういうことが主観的なものだからといってそれが想像上のものだということには決してならない。わたしあまりうまく説明できてないわね。

ぼくはまだちゃんと聞いているよ。

一つの曲を引き延ばして——とりあえず言うけど——音の高低や強弱がわかりにくくなったら色も薄れていく。これはどう考えたらいいのかよくわからない。

音楽はどこから来たと思う？

それは誰にもわからない。プラトン主義的な説明は問題を曖昧にするだけ。音楽はいくつかのごく単純な規則だけから成っている。でも誰が作り出したものでもないというのは本当よ。規則はね。個々の音そのものはほとんど無に等しい。でもなぜ特定の音の並べ方がわたしたちの感情に深い効果を及ぼすのかはとうてい理解できそうにない謎だわ。音楽は言語じゃない。それ自身以外に指示対象を持たない。音をアルファベットで名づけることはできるけどそれで何が変わるわけでもない。おかしなことにそれは抽象観念でもないのね。わたしたちの知っている音楽は完結している？　どんな意味で？　長調と短調のような区別でまだこれから発見されるものはあるのか。ありそうにない、そうよね。それでもありそうになかったものが現われることは多い。それらのカテゴリーは何を意味しているのか。それらはどこから来たのか。それらは色合いの違う二つの青だというのはどういう意味？わたしの眼のなかで。音楽が人間の現われる前からこの世界にあったとしてそれはこの世界の誰のためにあったのか。ショーペンハウアーはもし宇宙全体が消滅したら残るのは音楽だけだとどこかで言っている。

それはかなり大胆な意見だ。彼はそう信じていたの。

たぶん信じてなかったでしょ。

きみは？

彼はただ優越性を主張しようとしただけだと思う。音楽の優越性を。超越的な現象だということ。いかなる支えもなしに存在し得るということを。

何かがいかなる支えもなしに存在することはあり得るのかな。

論理的にはあり得ない。空間にただ一つの存在物しかないとしたらその存在物はそこにはない。そこにはそれが存在するための何物も存在しないから。

わからないな。

今のは重要なことじゃない。どのみち古典的な世界の話だし。

こういうことにはいつ頃から関心があったの。

わからない。記憶とは何を意味するのかがよくわからない。一つには。問題の一つはどんな記憶もその前の記憶の記憶だということ。実際の記憶がいつ生まれたかは思い出せない。どういうふうになるか。それを覚えてるということを覚えてるだけ。それも一番新しい記憶だけを覚えてるの。

話についていけていない気がする。

ハイスクールに入ったとき最初に行った場所は図書館だった。小さな部屋に机が一つ置いてあってたぶん千冊くらいの本があった。いやそんなになかったかな。とにかくそのなかにバークリーの本が一冊あった。なぜそんな本があったのかはわからない。たぶんバークリーが聖職者だったからだと思うけど。うん。そうまず間違いなくバークリーが聖職者だったからね。でもわたしは床に坐りこんで『視覚新論』を読んだ。それがわたしの人生を変えたの。わたしは視覚的な世界は頭のなかにあるということを初めて理解した。というより世界のすべてが頭のなかにあることを。バークリーの神学論は納得できなかったけど生理学的考察の部分は議論の余地がなかった。わたしは長い時間そこに坐っていた。本の内容を頭に染みこませていた。視覚的世界が眼のある存在によって創り出されたものだという認識は退けるのが難しかった。それは無から創り出されたのじゃなくて実在するかどうかは永遠にわからない何物かから創り出されたものである。カントの言う物自体から。そして眼に見える世界が現実に存在していることは手を伸ばして触れてみることで確かめられるというのは正しくない。たとえばね。もしそうならなぜ互いに矛盾する現実が存在するのか。もしわれわれが互いに一致しない感覚を持っていたらわれわれはここにいることすらないはずよ。

その問題はぼくもじっくり考えてみようと思う。とりあえず今ぼくが言わずにいられないのはほかの人たちも視覚的な世界が実際にはどこで生じているかに――それが外の世界ではなく脳の視覚中枢で生じていることに――気づいていながらもなお外の世界が現実に存在しているという感覚を失いはしないということをきみは知っているはずだということだ。

それはそう単純なことじゃない。ドアをくぐり抜けてきたのは一千万年のあいだ舞台袖で待っていた世界なの。図書館の床から立ちあがったときわたしは違う人間になっていた。

きみはこの世界のなかで一人きりだと感じるかい。

ええ。あなたは感じないの。

ああ。感じない。きみの部屋に現われるようになった例の芸人たちだけど。彼らはこの世界の一部だろうか。

わからない。一つの理論は彼らの目的はむしろこの世界の向きを逸らすことにあるというもの。

一つの理論。

そう。

ほかには。

どこから始める？

初めから。

初めに言葉ありき。

でもきみはそれを信じていないね。

わたしが理解したことの一つは宇宙は数十億年だかのあいだ完全な闇と完全な沈黙のなかで成長を続けたのであってそのあり方はわたしたちが想像しているのとは違うものだったということ。初めにあったのは無だった。新星が沈黙のうちに爆発する。完全な闇のなかで。恒星が生まれ彗星が走る。すべてのものはせいぜいいわゆる存在としか呼べない。黒い火。地獄の火のような。沈黙。無。夜。黒い恒星たちが惑星を率いて存在している宇宙は果てがないために空間の概念が無意味なの。対比できる概念がないために。それからまたしてもあの目撃者がいない現実の性質に関する疑問が生じる。そのあとで視覚を持つ最初の生物が登場してその刺激にわななく原始的な感覚器官に宇宙を銘記させそれから色と動きと記憶を加えた。あの本のせいでわたしは一夜にして独我論者になって今でもある程度は独我論者なの。

そのときさみは何歳？

十二歳。

ハイスクールは卒業しなかったんだね。

ええ。シカゴ大学の奨学金がとれたから荷造りをして出かけた。今から思うとわたしはほんとになんとも思ってなかった。祖母が車でノックスヴィルのグレーハウンドのバス停留所まで送ってくれた。祖母は泣いてたけどわたしはバスが走りだしたあとでああお祖母ちゃんはもう二度とわたしに会えないと思っているんだと気づいたの。

悲しそうな顔で言うんだね。

悲しい気持ちで言ってるの。

ハイスクールで友達はいた？

一人か二人。誰も見向きもしない子たち。

友達は欲しかったの。

ええ。どう作ったらいいかわからなかっただけ。大学へ行けばそこが窓になるかもしれないと思っていた。

そうなった？

友達は何人かできた。それでもわたしはそんなに社交的じゃなかった。それほど器用じゃなかったの。パーティは好きじゃなかったし当たってこられるのが好きじゃなかった。

当たってこられる。それは言い寄られるということ？

そう。

男の子には興味があったの。

一人の男の子に興味があった。でも両思いじゃなかった。

なぜ。相手は同性愛者だった？

そうじゃない。また違う種類の問題があったの。

年上だったとか。

みんな年上だったから。それは問題じゃなかった。

じゃ何が問題だったのかな。

ほかのこと。

いいだろう。大学へ行ったあと使い魔たちはどうなった？

二週間ほどあとに現われた。バスに乗ってきた。

彼らがバスに乗ってきたと本当に信じている？

彼らがバスに乗ってきたと本当に信じているかと。

わかった。そういうことについて〈キッド〉と話したことはあるかい。

ある。

たぶん結論は出なかったんだろうね。

出なかった。

まあ結論はないんだろうが。きみは〈キッド〉を友達だと考えている？

最後は彼だけがわたしの友達になった。そして誰もいなくなった。でももし〈キッド〉が自分の人生からいなくなったら寂しく思うだろうと気づいた日は衝撃を受けた。何を書いてるの。

ただの自分用のメモだ。かまわないかい？

全然。牛乳を買う。母さんに電話する。

見たい？

いや。

ほんとにいい？　ぼくはかまわないけど。

いい。

ときどきぼくが話を聞いてないときがあると思っているよね。

聞いてるとは思ってる。何が聞こえてるのかよくわからないことがあるけど。

ここには友達がいるだろう。ステラ・マリスには。その人たちのことはどうなんだろう。

まあそうね。ときどきデイルームで誰かを選んでそばに坐って話しかけることはある。

向こうは何を言う？

たいていは何も。でもときどき思ってることを喋りだすんだけどその話の途中でわたしが言ったことに関係することを言うの。ちょうど夜眠ってるあいだに聞こえる音が夢のなかに組みこまれるみたいに。その人たちのモノローグにわたしの考えが入りこんだとわかるとちょっと落ち着かない気分になると言わざるを得ない。わたしはあの人たちの仲間になりたいけど仲間にはなってない。そしてそのことをあの人たちは知ってる。最近十二人の精神医学者があちこちの精神病院に入院した。それは実験なの。彼らは誰かの声が聞こえると言っただけですぐに精神分裂病と診断された。でも入院患者たちは真相に気づいた。彼らをざっと眺めただけでこの人たちは狂ってないと言った。ルポライターか何かだろうと。そう言って患者たちはその場を立ち去ったの。

きみは彼らの仲間になりたいのか。

わたしがここにいるのは実験のためじゃない。どんな小細工でもできるけど結局のところここがわたしの居場所よ。

今のはちょっと奇妙なコメントだという気がするけど。

わたしはちょっと奇妙な女の子なの。テープを巻き戻して聞いてみて。また違ったふうに聞こえるから。

きみは自分の容姿がとびきり優れていることをどんなふうに意識しているのかな。

わたしとやりたいの、先生。

いや。ぼくは患者と性的関係を持ったことはない。それに不倫はぼくにはもう過去の事柄だ。きみを誘惑しようとしたカウンセラーは大勢いたのかい。

彼らがやろうとしたことを表現するのに誘惑というのはちょっと上品すぎるみたい。

レイプしようとした人はいる？

ええ。一人。

きみはどうした？

兄があなたを殺しにいくと言ってやった。あなたの余命は時間単位で数えられるようになるって。

それは本当のこと？　きみのお兄さんのことは。

ええ。

疑う余地なく。

疑う余地なく。

バークリーだけど。彼の本を読むことできみの現実への懐疑は深められたんだろうか。

意味がよくわからない。

でもまあ何か言うとしたら。

何か言うとしたら。現実の理解の仕方を疑うようになったのは確かかな、うん。でも哲学的探究の歴史が信用できるようになってきたということもある。おかげで認識論が理にかなった理論だとわかった。さらに言うと質問そのものが生む欺瞞も意識させてくれたと思う。

現実というものが常に主題になるわけだね。

かなりの程度においてそうね。

現実は知り得るものだろうか。

おやおや。

今のは撤回。われわれにわかっていればいいのにわかっていないことってなんだろう。

古くからの答えの出てない問題とは別に？

われわれは何者で、なぜここにいて、なぜ無ではなく何かが存在するのかという。

ええ。

今のどれかに試しに答えてみてくれないかな。なぜ無ではなく何かがの件はどう。

無は考えることができない概念よ。

物理学の勉強は今でもしている？

いいえ。

グルーオンというのは何かな。

考えることのできる概念。

力それとも粒子？

粒子。ただしそこまで微小だと区別はあまり明確じゃない。

どういう働きをする？

クォークからクォークへ力を伝える。それほど複雑なことじゃない。原子はさらに小さな粒子でできてる。それが核子。核子はクォークで構成されてるの。主要な核子は三個のクォークで。クォークには馬鹿げた名前がついてる。トップクォークにボトムクォーク。アップクォークにダウンクォーク。陽子はアップクォーク二個とダウンクォーク一個でできてる。中性子はダウンクォーク二個とアップクォーク一個。などなど。そういう仕組み。なぜだかよくわからないけど。グルーオンはクォーク同士を結びつける働きをする。

量子力学《クオンタム・メカニックス》はなぜそう呼ばれるんだろう。

それはメカニズムの説明だから。物理学者は量子《クオンタム》のほうにアクセントを置く。なんのメカニズムを扱うかを示す言葉なの。力学《メカニックス》のほうを強く言ってはいけない。

わかった。

疑わしげな顔してる。

いや。大丈夫。ただなぜ奇妙なのかな。奇妙な結論がいろいろあるそうだが。

それは誰にもわからない。

というかどういう具合に奇妙なんだろう。

そうね。トピックはいろいろあるけど。ファインマンは量子の奇妙さは二重スリット実験ですでに現われていると言った。たぶんそれは正しいと思う。ファインマンはたいてい正しいの。何度も繰り返されて検証されてるその実験が示すのは一個の粒子が二つのスリットを同時に通り抜けることができるという事実。

きみはそれを信じている?

ものすごく熱烈に。

それが量子力学の一部だと。

そう。

量子力学は高く評価されている物理理論であると。

そのとおり。今までに考えられてきた物理理論のなかで最も成功しているものよ。それは小さな粒子の理論なの。原子以下の粒子の。というふうに普通は理解されている。でもそれだけならやくざな数学にすぎないかもしれない。物理学者のなかには量子力学は最終的に宇宙そのものが量子現象であるという理解にたどり着くはずだと考える人たちもいる。量子力学が究極的に説明するのは宇宙だと考える人たちが。

きみもそう考えている？

ええ。わたしもそっちのほう。

ほかには。

ほかには？

どんな奇妙なことがあるだろう。

実際の実験や思考実験によれば、この力学には人間が積極的に関与しているらしいこと。人間がいなければそれは働かない。不都合な事実はファインマンの経路総和理論を別にすれば人間の意識を巻きこまない量子力学の信憑性のある理論はないということ。もちろんここで生じてくるのは人間が登場する以前の世界が人間なしにどうやって存在できたのかという問題。でもことはそう単純じゃない。わたしが思うに指摘されているのは人間の意識と現実は同じものじゃないってこと。そのことをわたしたちは昔から知っている。たとえカントが言ったことについてそれほど確信が持てないとしても。この事例では。ともかくいろんな実験が明らかにした事実を無視するわけにはいかない。二重スリット実験や頭脳明晰な科学者たちが銀原子の動きを読めなかったシュテルン＝ゲルラッハの実験の結果をね。ある界隈ではこういう疑問は単に哲学的なものにすぎないというのがお気に入りの理解になっている。そういう疑問に対するお気に入りの応答は黙って計算していろというやつ。

今のはきみの意見じゃないよね。

違う。そういう計算が生み出すのはたくさんの偏微分方程式だけ。宇宙の真実はそういう方程式の向こう側にある。

物理学者はそれについて何を言っているのかな。

たいして発言してない。天を見あげてその手のことはちょっとという顔をする。カント的な関心を持つ人たちじゃないから。不可知の絶対的存在に関して問題なのはそれについて何か言えた時点で不可知の絶対的存在でなくなるということ。椅子に坐って身動《みじろ》ぎもしないまま物自体の世界から現象の世界に移行してしまえる。言い換えれば知覚を通さなければ絶対的存在からは何も持ってこれないということ。念頭に置いておかなくちゃいけないのは現実を知り得ないものと主張するときはすでに言葉で語っているということよ。完全に客観的な世界というものは――カントの物自体であれ誰のどんな観念であれ――定義上知り得ないという問題がある。わたしは物理学が大好きだけどそれと絶対的な現実を混同することはしない。物理学が提示する現実は人間にとっての現実なの。数学的なアイデアは貯蔵寿命がかなり長い。ではそれは絶対的存在の世界に存在しているのか？　どうしてそんなことがあり得るのか？　わたしはわたし自身《マイセルフ》に問いかけてみた。するとわたし自身《マイセルフ》は別の自我《アナザー・セルフ》になった。当然そうなるはずね。別の自我は数学を持っていった。その数学的なアイデアを。不確定な時期が長く続いた。わたしのなかで理路が通ったときわたしは別の場所にいた。まるでわたし自身の光円錐を逃れたかのように。そこを逃れてかつては絶対他所《アブソルート・エルスウエア》と呼ばれたところへ入っていった。

ぼくには理解できない。

でしょうね。わたしにも理解できない。要するにわたしの見方は絶対的存在からとってくるのでなければ絶対的存在から何かをとってくることはできないということだった。それを現象に変換することなしには。それによって絶対的存在物はわたしたちの指紋がべたべたついたわたしたちの所有物になるけど絶対性はもうなくなってるわけ。でも今はそれほど確信がない。

いいわよ。くそどうでも《ホワット・ザ・ファック》いい。

〈キッド〉のことを話してもいいかな。

苛つかせてしまったみたいだね。

いや別に。失礼な口をきいてみたかっただけ。

彼の外見はどういう感じなの。

身長は三フィート二インチ。変な顔。変な顔つきというのかな。年齢は不詳。手は鰭になってる。完全な禿じゃないけど毛が少ない。体重は五十ポンドくらいだと思う。にやにやしてるのね。

カロンの船に乗りこむところを想像していたんだ。

ああ。わたしもそれを考えた。ダンテが初めてそのことを考えたのは自分自身が船に乗りこんで船が安定するのを感じたときだった。

それは知らなかった。

いいけど。さっきのくそ《ファック》はごめんなさい。

それくらいはお互い大目に見よう。身長が三フィート二インチというのはどうしてわかったの。

測ったから。

彼はじっとしていた？

そうじゃなくて。ターレスがピラミッドの高さを測ったのと同じやり方をしたの。カーペットに落ちた影の長さを目測してわたしの影の長さと比べて比率を出してその比率で割り出した。

なぜ正確な身長を知りたかったのかな。

彼にも身長があるのかどうか知りたかったんだと思う。

ほかには。

眉毛がない。できものの痕みたいなものが眼につく。火傷かもしれない。頭には傷痕がある。事故に遭ったみたいな感じ。それとも生まれるときに難産だったせいか。難産じゃ曖昧だけど。キモノみたいなものを着ている。いつも行ったり来たりを繰り返す。両方の鰭を背中の後ろに回して。アイススケーターみたいに。ずっと喋ってて絶対自分で理解してない言葉を使う。どこかでその言葉を見つけてきたけどそれをどうしたらいいかよくわからないといったふうに。にもかかわらず——あるいはだからこそ——ときどきはっとするようなことを言う。でも夢のなかの人みたいな感じはほとんどしない。どの細部もちゃんと辻褄が合ってる。完璧なの。完璧な人間なの。

人物。ときみは言ったと思うけど。

じゃ人物。

何年か遡って。ソラジンの服用で使い魔たちが現われなくなったという事実について。そのことは彼らの現実性について何かを示唆している?

あるいはわたしの現実認識能力について。

ええと。まあそう言ってもいいかもしれない。

言っていいかもしれない。現に言われたし。薬物は知覚を変容させる。知覚変容は何に順応するためか。わたしは前はこの件全体についてもっとしっかりした確信を持っていたの。でも現実の性質についての確信は現実の知覚能力の限界をも示しているはず。それからわたしは気にするのをやめた。わたしは自分がどこにいたのかを本当に知ることなく死ぬだろうという事実を受け入れた。というか。ほとんど受け入れた。わたしはレナードに現実というのはせいぜい集団的な当て推量だと言った。まあそれはある女性コメディアン（リリー・トムリンか。ただしこれとほぼ同じ台詞が出てくる一人芝居 The Search for Signs of Intelligent Life in the Universe は一九八五年の作品）から盗んだものだったけど。

　レナードって？

ここの友達。

彼は笑った？

いや。ものすごく真剣に受けとった。

〈キッド〉は前に一度きみに自分はほかの人たちにも見えているんだと言ったと。きみはそう言った？

ほかにも何人かに見えるらしい。

それは何を意味すると思う？

わからない。精神科医はあなたでしょ。

きみはもう会わないんだろうね。〈キッド〉に。

またそれとなく探ろうとしてる。

でもさよならを言ったんだよね。

ええ。

彼はなんと言った？

たいしたことは。ぼくに会えなくなると寂しくなるかいと訊いた。

ぼくに会えなくなると寂しくなるかいと。

そう。わたしに詩を一つ暗誦して聞かせた。それにはびっくりした。どういう意味かわからなかったから。

どんなだったか覚えている？

ええ。かなり早口だった。

その詩を覚えているかという意味だけど。

どういう意味かはわかってる。

それを暗誦してみてくれないかと頼むべきだったのかな。

それは嫌。しない。

わかった。〈キッド〉をある種の邪悪な魔人とする見方――これはカウンセラーのほとんどがとっていたと思うけど――きみはそう見ていないんだろうか。もしかしたらそれは正しくないと思っているとか。

正しくない。そうね。

彼をどう見ているのか教えてもらえないかな。

わたしが彼を見る方法のことを訊いてる。そういうことね？

それでいい。

あなたはほんとはわたしに〈キッド〉のことを訊いてるんじゃない。わたし自身のことを訊いてる。

わたしはあなたの知りたいことを教えることはできない。できるとしてもたぶんしない。

わかった。謝る。

謝らなくていい。『論理哲学論考』は知ってる？　語り得ないもの云々《うんぬん》は知ってたよね。

ぱらぱら読んだことはある。よくわからなかった。

わたしが思うに〈キッド〉について言えるのは彼はとにかくベストを尽くしていたってこと。ほかの誰とも同じようにベストを尽くしていたの。

彼を善意を持った存在だと見ている？

わたしが彼を善意を持った存在だと見てるとすればほかに何がいるか知ってるからよ。

そしてその何かにぼくは——たとえば——気づいていないと。

気づいてないなら驚くとだけ言っておく。

人々のことをどう考えている？　一般的に。

それはほんとに質問なの。

おかしいかな。

避けるようにしてると思う。彼らのことを考えるのを。

それは本当？

いいえ。わたしの心には愛があると思う。ただそれは憐れみとして現われる。わたしは世界の恐ろしい面を見たつもりになってるけどそれは本当じゃないのを知ってる。それでも見たものを見なかったことにはできない。今世紀ほど残酷な世紀はかつてなかった。わたしたちはその種の残酷の最後のものを見たんじゃないかと真剣に考えている人が誰かいるだろうかと思う。でも自分のトラブルさえ背負いきれない人間にとって世界のトラブルなんて何を意味し得るのか。

ときにはすべてを意味する？

そうね。そのとおりかもしれない。

申し訳ない。きみを困惑させるつもりはなかった。

困惑なんかしてない。困惑がやってくるところはもっとある。

休憩しようか。

ええ。

――――

大丈夫？

大丈夫。

時間はまだ二十分あるけど。

わかってる。質問をかまして。

きみは何をするのが好きかな。何が楽しい？

教科書どおりの質問って感じね。過去最高に変だった答えはどういうの。

言っていいかどうか。でも患者さんには驚かされることがある。

クラフト＝エビングがびっくりするような？

いい意味でだよ。かなり洗練された趣味を持っている人もいる。もっとも残念ながら自分が価値を置いていることをやめて惨めな気持ちになることをしてしまうことも多いけどね。きみの主な興味の対象は数学以外では音楽だったね。

ええ。

バイオリンはどれくらい上手だった？

かなり上手だった。コンサート・バイオリニストにはなれなかったけど。

そこまでではなかったと。

練習しなかったから。何週間も弾かないことがあった。それじゃだめ。

そこまでの関心はなかったわけだ。

ううん。大好きだった。でも数学のほうがもっと好きだった。数学にはたぶん二万時間くらい費やしたはず。

それは相当の時間だ。

ええ。

どういうことをしたかは覚えている？

ええ。そうでなくちゃいけない。

ほかには。

さあ。リストから選んでみて。

お母さんとの関係がこういうことと何か関係していると思うかい。

イライザ・ジョークで来るのね。

うん。まあそれはともかく前から精神科医についての意見を聞きたいと思っていたんだ。どれくらいひどい連中だと思っているかとか。

それはリストにあるの。

あってもおかしくないだろう。

いつも思ってたのは精神科医になるには自分自身が少し精神的に不安定でなくちゃいけないんじゃないかってこと。精神病者を臨床医の眼だけで見るのは不利だろうと。と言ってもほんとにイカレているんじゃどうしようもないけど。

いつも思っていた。

そう。

今は？

この質問のポイントは何。

ぼくよりきみのほうが彼らをよくわかっているんじゃないかな。

わからない。あなた方はあまり精神分析医と付き合わないみたいね。それを言えば誰と付き合っているのかも知らないけど。

ぼくは医者より患者のほうが興味深いと思っているんだろうね。

わたしもそう。

ぼくたちが科学者としてしていることが見えないと。

ええ。精神科医は神経科学をかなり避けがちだと思える。ライトとクリップボードを持って溝《サルサイ》をうろつく。いやサルカシズか（脳の溝 sulcus の複数形は sulcuses ではなく最初に言った sulci でよい）。理由はわかりやすい。精神病がシナプスの誤発火にすぎないのなら鎮静させればいいはず。でもあなた方はそうしない。かつてなかった慎重に構築され明確に表現された世界を手に入れている。それは誰がやっているのか。誰がぶらさがった何本もの線を新奇なやり方であくせく繋ぎ合わせて回っているのか。なぜそれをしているのか。どんなアルゴリズムに従っているのか。なぜわたしたちはアルゴリズムがあるのではないかと思うのか。

ぼくにはさっぱり。

お医者さんたちは狂人の世界が注意深く組み立てられてることに留意しないみたい。その世界のことを自分では考えてるつもりだけど実際にはもちろん考えてない。精神科医は聖職者が罪に対してするように狂気の周辺を歩いてみる。自身に与えられた任務のドアの前で足がとまってしまう。唇をゆがめて適格性のない現実を研究する。異邦人の国。別の質問をする。理論を組み立てる。あなた方の仕事の敵は絶望。死。現実世界におけるのと同じ。この話に納得してないでしょ。

ちゃんと聞いているよ。

あと十六分。

それを埋める方法を何か考えようとしている？

いや。好きなときにやめていいわけだから。

われわれみんながそうだ。

かなりチョーサー的ね。われわれみんながそうだ。

セラピストにそこまですごい治療能力があると信じているわけじゃないよね。

わたしはほとんどの人と同じように考えてる。治すのは理論じゃなくて診療だと。世界中でそうじゃないかな。もしかしたら最終的にはすべての問題がスピリチュアルな問題かもしれない。カール・ユングは頭のおかしい男だったけどその点についてはたぶん正しかったのよ。ドイツ語では知性《マインド》と魂《ソウル》の区別がないことを念頭に置くべきね。施設として見るとステラ・マリスみたいなところはわりとよく考えられて作られている。ただどういう人たちが来るかはわからないのよね。ここでのケアはとても良質だと思うけどどこのケアもそうであるように需要には追いつけない。長年のあいだには煉瓦さえ傷んでいく。治療法はいろいろあるけどこれという決め手はない。度外れの苦しみの舞台となった場所は焼かれて地に崩れるか寺院にされることになる。

きみの物の見方は全部そんなに暗いのかな。

わたしは自分の物の見方を暗いとは思ってない。現実主義的なだけだと思っている。精神病とは要するに一つの病気。ほかに呼びようがない。でもそれは火星人の身体の器官だと言ってもいいくらいにわたしたちには充分理解できていない器官と関係する病気でしょ。異常な行動はたぶんマントラ。顕《あらわ》にする以上に隠す。セラピストが直面する問題のなかには患者が治されたいという欲求を持っていないかもしれないということも含まれている。教えて先生、その場合わたしってどんな人間ということになるの。

狂人には正義の感覚があるだろうか。

それまじめな質問？　彼らはふつふつ沸き返っている。不正義が主な関心事なの。あなたの眼は曇りはじめていると思う。

ぼくは大丈夫。きみは全然時計を見ないね。

見る必要ないから。

どんな具合かな。時間の点《タイムワイズ》では。

すばらしい発想ね。時間《タイム》、賢明《ワイズ》な。残り時間は十四分。日々は長し歳月は短し。

きみの生活のなかには不安定と形容できるかもしれないが例の……なんだ、〈一味〉か……あれと関係ない部分というのはあるのかな。

ちょっとそれをあなたのために言い換えてみようかしら。

ああいいよ。

お代はいらないから。わたしはいつも狂っているのかそれとも小さな友人たちがそばにいるときだけなのか。

それでいい。

この問いの意味がわからない。わたしは自分に見えてないときの〈キッド〉は存在していないとは思ってないの。たとえばね。量子力学的〈キッド〉。話を前に進めたほうがいいかもしれない。

わかった。きみに関して重要なことでぼくの知らないことは何かあるだろうか。

それは教科書にある質問?

じゃないと思う。

わたしはレズビアンなの。

そうじゃないと思うね。

どうしてわかるの。

なんとなく。きみはぼくにモーションをかけた。というのが一つ。

わたしがあなたに魅力を感じていると思うのね。

そう。そうだと答えざるを得ない。

ふうん。ごめんなさいね。あれはモーションじゃないの。

じゃなんだろう。

それはたぶん自分の人生に誰もいないということと関係がある。何に対してさよならを言おうとそれはさよならと返してはくれないという事実と折り合いをつけることと。

お祖母さんにお兄さんのことを話したことはあるのかい。

ええ。話すしかなかった。

お祖母さんは何て言った?

泣きだした。兄の名前を何度も言った。

ほかに何か言った?

イタリアから電話しているのかって。

お祖母さんもイタリアへ行くと言ったかい。

いいえ。どう行ったらいいかわからなかったと思う。

連れていってあげることもできたろうに。

ううん。無理だった。

わかった。

でも返事に満足してない。でしょ？

お兄さんの話はしたくないとして気持ちは理解できる。どうなんだろう。きみはお兄さんに何か話しかけた？　言っていることが聞こえるかもしれないと思った？

わたしは兄に兄さんなしで生きているよりいっしょに死んだほうがましだと言った。

ぼくはそれを警告と捉えよう。

あなたは人生を犬のようにけしかけられた。

それは引用？

じゃないと思う。

何にせよユダヤの格言じゃないね。

ええ。

ユダヤ系の親類はいる？

いない。わたしたちはユダヤ系として育たなかった。

でも自分がユダヤ系なのは知っていたんだろう。

いや。まあ何ごとかは知っていた。とにかくわたしのご先祖様たちが物貰いの器から小銭を数えながら出したことからわたしはこういうところで生活するようになったの。ユダヤ系は全人口の二パーセントしかいないけど数学者だと八十パーセントを占める。こういう数字をあとほんの少し歪めて誇張したらユダヤ人は別の生物だと言われるでしょうね。

それはちょっと言い過ぎでは。

いや。まだ足りないくらい。同じ家に住んでいても別々の歴史を持ち得る。ダーウィンの疑問にはまだ答えが出てない。わたしたちは歴史を持たない心的能力をどうやって手に入れるのか。脳はこれから来るものに対して準備ができてるように思えるのはなぜなのか。まるでわからない。脳の回路のどれくらいの部分がまだ何にも使われずただ新しい機会の到来を待ってるだけなのか。そもそもそんな部分があるのか。マーケットに変化が起こるとなぜ孫たちは量子力学を学ぶのか。トポロジーを学ぶのか。

孫たち？

ひ孫たちでもいい。

わからないな。話についていけているかどうか自信がない。きみのことに戻らないか。

今のはわたしのことだけど。

きみの個人的な歴史のことに。ここへ来る前はどこにいたの。

デイルームに。

またそういうことを言う。

イタリアにいた。兄が死ぬのを待ってた。

イタリアにはどれくらい。

二カ月。いやもう少しかな。

医者たちは二カ月待ってから生命維持装置をはずす許可をきみに求めてきた？

いや。求め方が執拗になった。

きみはイタリア語を話せる？

そこそこ。それはともかく生命維持装置をはずすのを兄は希望したような気はしていた。わからないけど。ただわたしは自分には許可を出せないのがわかってた。だから逃げだした。

この話は大丈夫？

いや。大丈夫なわけない。

ここへ来たときにきみはかなりの大金を持っていたけど。

言うほど大金じゃない。兄とわたしは父方の祖母からお金を相続した。兄から取り分を貰ったときには特に欲しいものなんてなかった。それでけっこうすごいアマティを買ったの。あの楽器のことは知ってた。二冊の本で読んだことがあったしもちろんクリスティーズのカタログにも載ってた。最後に売買されたのは一八六三年で近いうちにまた市場に出ることはないだろうと思ってた。

バイオリンだね。

そう。

それはどれくらい値の張るバイオリン？

二十万ドルちょっと払った。

それはすごい。いくら相続したの。

わたしの取り分は五十万ドル強。バイオリンを買うのはいいアイデアだと思ったの。部屋に置いたまま外出するのが心配になるけど。枕の下に入れておいた。お金もしばらくのあいだは靴箱に入れてクロゼットにしまっていた。

現金で持っていたんだ。

ええ。兄がそれを知って貸金庫に入れさせたの。

投資することは考えなかった？

わたしたちはお金を相続したけど税金を払わなくてよかった。でもそれを証明できなかった。お金は祖母の家の地下室に埋められてたの。祖母は生前その場所をわたしたちに教えてあなたたちにあげると言ってた。でももちろん書類などは何もなかったのよ。

お祖母さんはお金を地下室に埋めていたと。

埋めたのは祖父。二十ドル金貨を。何本もの水道管に詰めて。

何やら奇譚めいてきた。

人は奇妙なことをするものよ。

クリスティーズと言ったけど。バイオリンはオークションで買ったのかい。

そう。バイン&フーシを通して買った。シカゴで。会社はまだ正式な創業前だったけど。代理人になってくれたわけ。

そういう楽器は在庫になかったんだろうね。

なかった。在庫は全然持ってなかった。ビジネスを始めたばかりで。

それだときみはだいぶ不安だったろう。

クレモナのバイオリンが盗難に遭うと絶対に戻らない。二度と見つからない何挺かのクレモナの一つになる。塗装することも考えた。楽器にダメージを与えずに落とすのが簡単な水性塗料で。金色に塗るとかね。そうして安っぽいケースに入れておく。でもそのときクワインが引用した言葉を思い出したの。表面を救えばみんなが救われる。とにかくそれをする気にはなれなかった。

クワインというのは誰。

哲学者。存命の哲学者では最も偉大だという人もいる。

きみもそう思っている?

それはほんとかもしれない。もちろん彼が自分は数学を理解してると思ってるということがある。数字のことをつねに考えずにはいられないらしい。

でもさっきのは引用だと言ったね。

そう。ある著書の扉で引用してるの。

出典は書いてある?

ええ。シャーウィン＝ウィリアムズ。

塗料メーカーの。

そう。

また冗談だ。

いや。そうじゃない。クワインもふざけたわけじゃない。でもまあ。今考えるとちょっとふざけたのかもしれないけど。

バイン&フーシ。でいいんだっけ?

ええ。バイオリンをとりに行った日わたしはバスで家に持ち帰った。階段をあがって自分の部屋に入るとベッドに坐ってそれを膝に置いた。ケースをじっと眺めていた。ケースはドイツ製だった。たぶん十八世紀後半の。ほとんど新品に見えた。黒い子牛革にニッケルシルバーの留め金。留め金を親指で一つずつはずして蓋を開けた。息の一つ一つを覚えている。

でも初めて見たわけじゃないだろう。ディーラーのところで見たはずだ。

いや。見てない。カウンターに置いて留め金をはずそうとしたけど開けないでいいって言ったの。もちろん写真は見ていたけど。クリスティーズのカタログが一番よく撮れていたと思う。楓材はものすごく肌理《きめ》が細かくて杢《もく》が見事だった。裏板は二枚張りでほぼ左右対称。これはすごく珍しい。ネックはニスがかなり剝げてほとんど木そのものが出ていたからわたしはオリジナルかもしれないと思ったけどカタログにはそうは書いてなかった。これは今まで見たバイオリンで一番すごいと思った。

現物を見ずに買ったわけだ。

そういうこと。現金を買い物袋に入れてバイン&フーシへ行った。

バスで。

そう。お金を渡すと店の人は奥の部屋へ持っていって数えた。どうしたらいいかわからなかったみたいだけどオークションは五日後に迫っていた。現金があれば物が買えると普通は思うけどこの頃はもうそう簡単にはいかないらしいのね。三十万ドルものお金を買い物袋に入れて持ち歩く人がいるなんて信じられなかったみたい。わたしは無造作なほうがかえって注意を惹かないからと言ったんだけど戸惑っていたようね。

三十万ドルか。クリスティーズはいくらくらいで落札されると思っていたんだろう。

彼らにはわかってなかったと思う。ものすごくユニークな品物だったから。二十万ドルくらいと予想してたみたいだけどバイン&フーシはもっと行くと思ってた。

きみは三十万全部を突っこむ覚悟もしていたと。

そうよ。とにかく買ってと言っておいた。

その値打ち分の額で売れるわけだ。当たり前か。

ええ。

いくらで落札した？

二十三万。

オークションはどこで？　ニューヨーク？

そう。

現物は前もって見ないと言ったんだね？

ええ。

きみのことをちょっと変わっていると思っただろうね。

どう思ったかは知らない。とにかく結構な額の手数料を手に入れた。余ったお金を返すのに小切手を切ろうとしたけどわたしは現金にこだわった。ボビーのルールに従って。

先方はそれに対してどう言った？

床の上を転げ回って呻きながらお互いの名前を呼び合った。

わかった。前もって見たくなかったのは見るときは一人がよかったからだろうね。

そういうこと。

でバスに乗って持ち帰ったと。

ええ。家に帰るとベッドに腰かけて膝にケースを載せて蓋を開けた。三百年物のバイオリンは独特の匂いがした。弦を弾《はじ》いてみると意外なほど張りのある音がする。ケースから出して坐ったままチューニングをした。イタリア人はどこで黒檀を手に入れたんだろうと思った。糸巻きが黒檀なの。もちろん指板も。緒止め板も。弓をとりだした。ドイツ製だった。象牙の象嵌がすばらしかった。弓の毛を張ってから坐ったままバッハの「シャコンヌ」を弾いた。二短調だったかな。覚えてない。かきむしるような、耳に取り憑く曲。バッハはこれを自分の留守中に亡くなった妻のために書いたの。でもわたし最後までは弾けなかった。

なぜ？

泣きだしたから。泣きだして止められなかった。

なぜ泣きだした？　なぜ今泣いているんだい。

ごめんなさい。ちょっと説明できないくらいたくさん理由があるの。唐檜《とうひ》の表板から涙を拭きとってアマティを脇に置きバスルームに入って顔に水をかけた。でもまた涙が出てきた。わたしはあの名句のことを思い出した。人間とはなんという自然の傑作か（シェイクスピア『ハムレット』第二幕第二場）。わたしは泣きやむことができなかった。こう独り言を言ったのを覚えている。わたしたちって何なんだろう？　ベッドに坐りアマティを抱えてその楽器はとても美しくて現実のものとは思えなかった。それまでわたしが見たなかで一番美しいものでそんなものがどうしてあり得るのかわたしには理解できなかった。

ここでやめたい？

ええ。ごめんなさい。

Ⅲ

お早う。気分はどう。
最高にいい。
それは冗談だな。大丈夫なの。
ええ。
前回のセッションに関して復習したいことはない？
ない。ファイルは持ってきてないのね。
中身はだいたい頭に入っているからね。それじゃ始めようか。
いいわよ。
話題は何がいい。
ベルの不等式。
え？
あなたが決めて。何でもいい。天気のことでも。
お父さんのことを話してくれるかな。

イライザね。

申し訳ない。プログラムを開発した人たちでさえセラピーのセッションを申し込むというのは本当かい。

そう聞いているけど。

きみのお父さんはお母さんの死後しばらくして亡くなったんだね。

四年ほどあとで。

長く病気をしたそうだが。

死ぬほど長すぎたの。

ちょっとひどい言い方だな。

あのね。新聞の死亡記事みたいな台詞を言われると素直な反応ができなくなるのよ。

悪かった。気をつけるようにしよう。きみは何歳だった？

十五歳。

当時はお父さんとよく会っていたかい。

ううん。あの人は山のなかの小屋に住んでたから。タホー湖の上の。

仲違いをしたのかな。

いいえ。

お父さんはマンハッタン計画に参加した物理学者だった。それについて話をしたことは？

主にボビーとしてた。なんだか議会の公聴会めいてきたわね。

じゃあ頭に浮かぶことを話してもらうほうがいいのかな。

いいの。続けて。たぶんあなたが知りたいのは原爆を作ったことに父が罪悪感を覚えてたかどうかだと思うけど。罪悪感はなかったわ。でもあの人は死んだ。兄は脳死状態でわたしは精神病院に入ってる。

いいだろう。ほかには？

ほかには。あの人は戦争のあと原爆による被害の状況を調査するためにヒロシマ入りした科学者グループの一人だった。そのとき見たもののせいで厳粛な気分になったみたいね。わたしとしては心から父の弁護をする気にはなれないの。ああいう爆弾を作ったからにはそれで何かを吹き飛ばすことになるわけで父はやつらじゃなくて自分たちがそれをするほうがいいと考えたんでしょうね。最終的にやつらが誰になるにせよ。トルーマンの決定についての議論はたいてい地上戦になった場合の人命損失をめぐって行なわれた。でも父は別の見方をしてた。父はもし日本が地上戦によって敗戦を迎えてたら戦後復興の奇跡はなかったと考えてたの。日本の国民は恥辱にまみれて長い衰退期に入っただろうと。でも現実には戦闘で打ち負かされることはなかった。魔法使いの魔法に打ち負かされた。

それは少し自分に都合のよすぎる理屈だと思えないかな。

そう思うのは自由。でもそれも真実かもしれない。

きみはそれが真実だと思っている？

わからない。一つの仮説よ。わたしの父が独自に立てた。わたしは政治的信条なんて持ってない。骨の髄まで平和主義者でもある。戦争ができるのは国家だけ——近代的な意味の国家だけ——わたしは国家という概念が好きじゃない。逃げるのがいいと思っている。バスが向かってきたら避《よ》けるみたいに。もしわたしたちに子供がいたら戦争が一番起きなさそうな場所へ連れていきたい。歴史を予測するのは難しいけれど。でもやってみることはできる。それはしてない、というのがあなたが次にする質問への答えよ。

きみはお父さんを責めてはいないいと。

責めてはいない。

もしわたしたちに子供がいたらと言ったけど。

わたしに子供がいたらということよ。

わたしたちというのはきみと誰？

あなたには関係ない。

きみはお父さんが原爆のことで夜眠れなくなったとは思っていないんだね。

父は原爆の前も後もあまり眠らない人だった。あのときの科学者のほとんどはそのあと何が起きるかなんてあまり考えなかったと思う。ただ楽しい時間を過ごしてただけ。マンハッタン計画についてはみんな同じことを言ってた。生涯であんなに楽しかったことはなかったって。だけどマンハッタン計画が人類史上最も意味のある出来事の一つであることを理解していない人はぼんやりしすぎてる。あれは火の使用と言語の発明に並ぶ出来事だった。最低でも三番目だしもしかしたら一番かもしれない。わたしたちはまだそれを知らない。でもいずれ知ることになる。

お父さんは計画の結果生じることについてあまり考えていなかったと思うんだね。

考えたとは思う。その考えは例外的なものだった。ヒロシマ後に多くの人が罪悪感に苦しんだことに父はあまり共感しなかった。父は大半の科学者より年上だった。平均年齢は二十六か二十七あたりだったと思う。なかには十代の人も少しいたはずよ。突然平和主義者になった彼らを父は偽善者だと思ったの。戦後はテラーといっしょに仕事をした。彼らは文明世界のかなり広い部分を人の住めない場所にしてしまえる爆弾を爆発させた。みんなはテラーを憎み父を憎んだ。気の毒に。父の睡眠のことは何も知らない。わたしも不眠症だった。でも誰の上に爆弾を落としたこともない。

きみはロスアラモスで生まれたんだね。

そう。誕生日はボクシング・デー。一九五一年。

ボクシング・デー？　それは何。

クリスマスの翌日のこと。

なぜボクシング・デーというの。

なぜボクシング・デーというかというと貰った要らないガラクタを全部箱《ボックス》に詰めて店に返品しにいく日だから。

それは本当じゃないね。

本当じゃない。贈り物の交換をする伝統行事の日よ。箱に入れたクッキーとかそういうものを贈り合う。陸軍の軍曹が戦時中から引き続いて乗っていたくすんだオリーブ色のセダンで母を病院へ連れていってくれた。ほかに誰もいなかったから。母はテネシーに行くつもりだったけど結局医者に旅はしないほうがいいと止められたの。

そのときお父さんはどこに。

プロヴィデンスにいた。ロードアイランドの。

なぜプロヴィデンスに？　実家を訪ねていたとか？

クルト・ゲーデルがブラウン大学でアメリカ数学会主催のギブズ講演で講演をしたのを聞きにいったの。

クリスマスを奥さんといっしょに過ごさなかったわけだね。

ええ。

夫婦仲が悪かったのかな。

夫婦仲が悪いのにもいろんな程度がある。わたしは完全に仲違いしてたとは思わない。まあわたしにわかることじゃないけど。なんにせよゲーデルの講演を聞きにいったことをわたしは咎める気にはなれない。わたしだって行ければ行ったはずよ。もっともゲーデルは原稿を棒読みしただけらしい。演題は数学基礎論。主にプラトン主義の擁護だった。父がその問題にそれほど興味を持ってたかどうかは知らないけどゲーデルには関心を持ってた。

きみはその講演の筆記録を読んだ？

ええ。もちろん。

もちろん？

ゲーデルの書いたものはほぼ全部読んだ。ノートの類もほとんど。ガベルスベルガーで書かれたものも含めて。

それは何。

ゲーデルが使った速記法。いや十八世紀か。わからない。十九世紀ドイツの速記法。彼にはいろいろ変わった癖があったけどこれもその一つなの。

それを覚えるのにどれくらいかかった？

思ったよりかかった。ゲーデルは頭のいい人だったけど数学的なプラトン主義者というのが特徴の一つでなぜそうなったのかわたしは知りたかったの。論理的に首尾一貫しないと思えたから。でもゲーデルの頭の良さがどの程度だったかわたしはほんとには知らないわけだけど。

そもそもその意味がわからない。数学的プラトン主義者というのが。

言葉の響きがね。数学でのプラトン主義は今はたいてい実在論と呼ばれる。数学的対象は人間の意識から独立して存在しているとする考え方なの。古い時代の数学者に共通する考え方でわたしにはとにかく穴だらけのように思えた。数学的対象が人間の思考とは独立に存在するならほかに何からも独立しているのか？　宇宙からも、となりそう。確かに問題を一つ解くとその解法はもとから存在していたのであって自分はそれを発見しただけだという感じがいつも強烈にするのね。それにその解法にはほかの数学者たちもそれが正しいと同意することからある種経験によって確かめられたかのような重みもある。もしその解法が正しいならば。

おそらくこのことはきみの現実一般についての理解と少なくとも何かしらの関係を持っているんだろうね。

うーん。現実のいろいろなカテゴリーについて考えだすとものすごく時間がかかる。カテゴリー相互の対応関係のこととか。その道に踏み出さないほうがよさそう。

わかった。ゲーデルのことはよく知らない。数学は自身が提示するあらゆる問題を解けるわけではないという有名な理論を発表したことは知っている。そんなような理論をね。

そんなような理論を、そう。二つの不完全性定理。一九三一年。

きみもその理論に同意している？

もちろん。それを説明している論文はすばらしい。異論の余地がない。ゲーデルは後年数学から哲学のほうへ移っていった。それから精神的におかしくなったの。

どういうふうに。

かなりひどかった。物を食べなくなった。食べ物に毒が入っていると思って。死んだときには体重が七十ポンドくらいしかなかった。それで当時プリンストン高等研究所《IAS》の所長だったオッペンハイマーが病院に見舞いに通ったの。ある日主治医が入ってきた。その医者はゲーデルがどういう人かを知らなかった――頭がおかしくなった大学教授という認識しかなかった――オッペンハイマーは手厚い診療をしてほしい、この人はアリストテレス以来最大の論理学者だからと言った。医者がうなずきながらそろそろとドアのほうへ戻りはじめるのを見てオッペンハイマーはこう思われたことに気づいたの。やれやれまた一人頭のおかしな大学教授が現われたか。

ゲーデルの理論だけどね。数学の正当性に疑問を投げかけたというのは本当なのかい。だから有名なのかな。

いいや。それは馬鹿げた話。言いだしたのはフォン・ノイマンかもしれない。ゲーデルがウィーン学団で不完全性定理の発表をしたときフォン・ノイマンもその場にいてゲーデルが論文を読み終えたときこう言ったの。これですっかり終わった。

フォン・ノイマンはそう言ったと。

ええ。

でも終わってはいないと。

そう。終わってはいない。でも何かが終わったのは確か。特に一九〇〇年に提示されたヒルベルトの問題がね。

フォン・ノイマンは有名な数学者だったんだね。

これは彼が有名になる前の話。でも必死に有名になろうとしていた。彼がそのコメントをしたのはゲーデルの理論を自分は理解しているとアピールしたかったからよ。

でもそのコメントは……なんだろう。不正確だった？

数学自体に疑問符がついたと思ったのはたぶん彼一人じゃなかった。でも本当のところがわかってくるのにはときにしばらく時間がかかるの。数学はたえず疑いを受けつづけている。数学は疑われるためにある。優秀な数学者が何人も数学をやめた。精神病院に入った数学者の数さえも超えた。

それはなぜ？

だからわたしたちはここにいると思った。

きみはもう数学をやっていない。

そう。まあ諸々の問題の根本の問題は別だろうけど。それは捨てようにも捨てられない。

それはどういう問題？

根本的な問題。フレーゲに関係する。基礎《グルントラーゲン》の。始まりと終わり。わたしたちは何をしてどう知るのか。直感。何かは知っているのか。それは可能なのか。もし知っているならそれがわたしたちに教えてくれるためにわたしたちは何にならなければならないのか。ラングランズ・プロジェクト。わたしが知りたいことを決して教えてくれないであろう事柄。

なるほど。

いやわからないでしょ。数学は究極的には信じることをベースにした精神活動だと思う。信じるということは不確定な事柄よ。

ちょっとわかりにくいんだが。数学をどういうものとして見るのかな。ある種のスピリチュアルな活動？

　ほかに呼び方が思いつかないだけ。わたしはかなり以前から数学についての基本的な真実は数を超越すると考えてきた。結局数学はかなりぐらぐらした不安定なものよ。たいそう美しいにもかかわらず。数学の法則は論理の規則に由来するとされている。でも前提条件を持たない論理の規則がどういうものかは議論されない。スピリチュアルなものとのアナロジーを呼び起こすものの一つはスピリチュアルな洞察の偉大なものは闇のなかでふらつきながら立つ人たちの証言から来ているらしいという理解だと思う。

数学的な真実がどうして数を超越し得るのかがよくわからない。

その気持ちはわかる。

とはいえきみはゲーデルのファンなんだね。

そう。大ファン。オッペンハイマーの意見に賛成。

きみのヒーローはほとんどが数学者？

ええ。ヒロインも。

ほかにはどういう人たちを尊敬する？

そのリストは長くなる。

かまわないよ。

カントール、ガウス、リーマン、オイラー。ヒルベルト。ポアンカレ。ネーター。ヒュパティア。クライン、ミンコフスキー、チューリング、フォン・ノイマン。これでごく一部もいいところ。コーシー、リー、デデキント、ブラウワー。ブール。ペアノ。チャーチはまだ存命。ハミルトン、ラプラス、ラグランジュ。もちろん古代の人たちも。これらの名前とそれと結びついた業績を見ると近現代の文学や哲学の歴史はそれに比べてひどく貧弱なのね。

あがった名前はどれも馴染みがないな。

でしょうね。

女性もいた？

エミー・ネーター。偉大な数学者だった。指折りの偉人。数理物理学の創始者の一人。ほかにもいる。女性は。もちろんフィールズ賞受賞者はまだいないけど。

数学の最高の賞だ。

そう。

お友達のグロテンディークがリストにないのは意外だ。忘れていた？

グロテンディークは忘れたわけじゃない。名前を挙げたのは死んだ人だけだから。

死んでいることは偉大な数学者であるための必要条件？

明日の朝眼を醒まして思いきり馬鹿なことを言わないための必要条件よ。あなたは前にグロテンディークはなぜ数学をやめたのかと訊いた。それには狂気が関係しているという考えは魅力的かもしれないけどたぶん完全に正確というわけじゃない。過去半世紀の数学のほとんどを書き換えたことは彼の懐疑を鎮めることにならなかったというのは確かに本当のように思えるわね。ヴィトゲンシュタインはいかなるものもそれ自身を説明することはできないという言葉が気に入っていた。そこから物事は結局のところそれ自身についての情報をまったく含んでいないという主張までどれくらい距離があるのかわたしにはよくわからないの。でもなかを覗くには外にいる必要があるというのは本当かもしれない。説明するとはどういうことかと問うこともできる。立方体の説明としてその構造の説明以上に優れたものはあるのか？　わからない。ある属性についてあるものに似ていてあるものには似ていないという以外の何が言えるだろうか？　色。形。重さ。要素が一つしかない集合を考えると問題が見えてくる。それは時間や空間といった壮大なものでなくてもいい。ごく日常的なものでかまわない。音楽の構成要素とか。音楽には客観的対象はあるのか？　音楽は音符で構成されている？　それは正しい？　数学の複雑さは数学を事物や事象の説明から抽象的な操作の力に移行させた。どの時点でシステムの起源はそれの説明、その操作とはもはや無縁になるのか？　どれほどプラトン主義に傾倒していようと宇宙の存続に数が必須だと本気で信じる人は誰もいない。それは話題にするのにいいだけ。

そうじゃない？

わからない。

数学がうまく機能する理由は——こんな主張をする人もいるはず——それが制約を超えているからだと。数学を数学化することはできない。なんだか疑わしそうな顔をしているのね。

すまない。

それほど高等な動物でなくても数を数えられる。3は2より多いとわかる。どうせ意味なんかわかってないと言うかもしれない。でもそれはわたしも同じことよ。あなたはグロテンディークのことを訊いた。彼はトポロジーと代数学と数理論理学を魔女の鍋で煮詰めてトポスの理論を作った。それが何物であるかすらまだ明確じゃない。その理論の持つ力はまだ不確かなものでしかない。でも理論はできている。まだ誰も提示していない質問に答えようと静かに待っているという感じがする。

少しばかりプラトン主義の匂いがするね。

でしょ？　人類の爽やかなまでに新しいけれど不幸な先の見通しがこれからまだ発見しなければならないものを創り出したわけ。〈キッド〉はディラックのファーストネームをパメラだと思ってた。

パメラ？

ディラックはときどきP・A・M・ディラックとサインしたから。ポール・エイドリアン・モーリスの略。とにかく今言ったような面々がわたしの親しい人たち。ほかには誰もいないの。

悲しそうな顔で言うんだね。

悲しい気持ちで言ってるの。

知性に随伴する悲しみだ。

そう。そしてまた言うけど知性について語るとき人は数について語ってる。数学的思考をしない人はそう聞くとすぐ眉をひそめるけど。知性の本質は計算と計算の性質なの。言葉を使う知性はそれなりの場所にしか連れていってくれない。そこには壁が立ちふさがるけど数字を理解しない人には壁を見ることすらできない。壁の向こう側から来る人たちはこちらには奇妙に見える。そして人は彼らが広げてくる幅を決して理解しないだろう。彼らは愛想がいいかもしれない——よくないかもしれない——それは彼らの性質しだい。もちろん知性は悪の基本的構成要素だとつけ加える人がいるかもしれない。頭が悪いほど害をなす能力も低いから。不器用にとか意図せずに害をなすことはあるにせよ。白痴《クレチン》という言葉はフランス語のキリスト教徒《クレチアン》から来ている。たぶん頭の鈍い人間について肯定的な評言が思いつかないときはあいつは善きキリスト教徒だと言ったのね。それに対して悪魔的という言葉は天才的の同意語になる。エデンの園でサタンが餌としてぶらさげたのは知恵だった。

数学は美しいと言われるね。

ええ。

美は数学の本質の一部なのかな。美しいから真理とされる?

深い意味を持つ数式はよく美しいと言われる。マクスウェルの方程式あたりがその例かな。ベクトル・ポテンシャルのEとBをAで置き換えればもっとすっきりすることに目をつぶれば。それ以上簡潔にならない方程式を見ると厳《おごそ》かな気持ちで黙りこんでしまうことが多いわね。

数式はそれ自体で美しいんだろうか。

意味がわからないと美しくない。

$E=mc^2$ は美しい?

ぜひカラーで見るべきね。

話を前に進めようか。

進めましょ。

お父さんはいい人だった?

そう思う。わたしには優しかった。

ヒロシマに投下された爆弾の製造に携わったわけだけど。

ええ。わたしの母もね。

オークリッジでだったね。お母さんの場合は。

そう。Y-一二で。

もっとも自分が何をしているかはよく知らなかった。

たぶん。毎日八時間メーターの前に坐っていた。みんな話をすることは許されなかった。ヒロシマの翌日にみんなは知った。自分たちの戦争中の仕事について否定的な意見を持った人が仮にいたのだとしてもわたしは聞いたことがなかった。みんなとても誇りにしていたと思う。もしこういうことがわたしの寝室で午前二時にエドワード朝風の小人たちがチャールストンを踊ることと関係しているとあなたが思っているのならぜひその解説を聞かせてほしい。

それより話を前に進めるほうがいいかもしれないね。

わかった。

いいのかい?

ええ。また疑わしげな顔をするのね。この患者は何を言ってるんだろう。何を隠してるんだろう。

ぼくの思ってることより悪いことだったらどうしよう。

そうなのかな。

あなたの思ってることより悪いことかって?

そう。

たぶん。話はしょっちゅう父のことに戻るのね。何が論点かを知らないわけじゃない。でもとりあえず棚上げすべきじゃないかと思う。父はもう死んでるけどわたしは彼が死んでいなかったらいいのにと思ってる。

きみの家族はいつからウォートバーグに住んでいたの。

一九四三年から。マンハッタン計画で農場から立ち退かされて。

オークリッジ建設のためだね。

ええ。農場はテネシー州クリントンのすぐ外にあった。クリンチ川沿いに。そこには南北戦争のときから住んでいたの。

きみはその農場を見たことがないんだろうね。

生まれたときにはもう湖の底だったから。祖母がよく農場の話をしたわ。古い軸組工法の家が建ってて。床には水車で動かす機械で製材した胡桃《くるみ》材を張ってあったし客間と祖母が呼んでた部屋には幅が三フィートある板が使われてたそうよ。

農場はどうなったのかな。

合衆国政府に収用されたの。家はブルドーザーで轢き潰された。核燃料を濃縮する工場を作るために。

きみにも辛いことだったんだね。

そうかもしれない。一時期は。一時期はそこで暮らしてる自分がありありと想像できるほどだった。家は曾祖父が建てたの。写真を見たことがあるけどとても美しかった。一家はそれまで家を建てたことがなかった。他人が建てるところを見たことがあったかも怪しいと思う。彼らが八十年先を見通せていたらどうだろう。八十年はそう長くはない。ごく単純な仕事ですらなんの保証もない未来に基礎を置いている。

マンハッタン計画は重要な歴史的事件だったときみは言った。あれを何らかの大局的な見方で見ることは可能だろうか。核戦争は久しいあいだ起こらずにいるわけだが。

ええ。まあたぶん破産と同じよ。先延ばしにするほど起きたときの結果は悲惨になる。次の大戦争が起きるのは前の大戦争を覚えている最後の人間が死んでからでしょうね。

きみは核戦争を不可避だと思っているわけだ。

戦争が終わるのを見たことがあるのは死んだ者だけだと言ったプラトンにわたしは賛成する。あと人は銃を持っているとき石では戦わない。などなど。

われわれは今愚者の楽園で暮らしていると。

どういう場所で暮らしているのかは知らない。

わかった。家族の歴史に戻ろう。きみのお母さんはその家で育ったわけだ。

そう。そういうこと。

でもさっきそのことを尋ねたときにきみはお祖母さんの記憶にあったことを話したね。

母は戦争が町にやってきたときハイスクールの生徒だった。もしかしたら世界が終わろうとしてると思ったかもしれない。わからないけど。祖母はよく思い出にひたり母はよく泣いていた。近い過去の歴史は死の歴史。十九世紀後半に撮影された写真を見ると頭に浮かぶのはこの人たちはみんなもう死んでいるってこと。さらに時代を遡るとやっぱりみんな死んでいるけどこれはもうどうでもいい。それらの死がわたしたちにとって持つ意味は少なくなる。だけど写真に写った茶色い人間たちは別。微笑みにすら憂愁の影がある。悔恨に満ちている。非難に満ちている。

きみだけの感傷的な見方だとは思わないんだね？

思わない。

そのドラマのなかでお父さんは家族から悪役と見られていたのかな。

ええ。もちろん。母がY－一二で働きだしたとき祖母はぞっとした。それが何なのかは知らなかったけど何かいいことをしている見込みはほぼゼロだと思ったのよ。でもそれは単に五百マイル以内で一番払いのいい仕事というだけじゃなかった。まともな賃金が支払われる唯一の仕事だった。母はハイスクールを出てすぐドライブイン・レストランでウェイトレスとして働いてた。頭がとてもよくて普通なら大学へ行っていたはずだけどお金がなかったの。州のミス・コンテストで奨学金を獲得しようとしたけど結果は三位だった。それが出来レースなのは誰でも知ってたから結果発表ではなんとなく気まずい空気が流れた。優勝者はおざなりの祝福しかされなかったから母は気の毒に思ってその人と仲良くなろうとしたけどあまりうまくいかなかった。母はオールAで卒業生総代だったけどミス・テネシー・コンテストでは三位に終わった。奨学金は貰えなかった。それで終わり。母の話ではテネシー・イーストマン雇用局はベニヤ板張りの小屋でまだ暗い朝の五時に着くともうフットボール場の長さくらいの行列ができていて泥が踝まで来たそうよ。でも母はそこで仕事が貰えたの。

それはどういう仕事。

カルトロン・ガールになったの。

カルトロンというのは何。

どの程度のことを知りたい？

そうだな。きみがいいと思う程度の説明を。

わかった。ウラン爆弾を作るにはまず自然のなかで見つかるウラン二三八とウラン二三五を分離しなくちゃいけない。天然ウラン千ポンドのなかにウラン二三五は約七ポンドしかないから最初からけっこうな作業を強いられるわけ。分離する方法はいくつかある――濃縮するという言い方のほうが好まれるけど――電磁分離法はベストの方法じゃなくて最初に実用化されただけ。E・O・ローレンスが開発したカルトロンは要するに巨大な質量分析装置で濃縮ウランを集める機能を果たす。カルはカリフォルニアの略。トロンはギリシャ語から来ている。秤だか装置だかの意味。まずウランを塩素と化合させて四塩化ウランを作りそれをイオン化して競馬場と呼ばれた電磁石の連なりの磁場のなかに通す。競馬場は長さ百フィート以上で電磁石の高さが二十フィート。大きいと思うでしょうね。当時は戦争中で電磁石のコイルに使う銅が手に入りにくかったから合衆国財務省から一万四千トンの銀を借りてトラックで運びそれを使った。

借りてきたのか。

借りてきたの。戦後に返した。最初に設計したアルファは充分な効果を発揮しなかったからそれで作った物質をベータという新しい装置でさらに濃縮して兵器級のウラン二三五を生産した。実際にはベータはそれほど違った装置じゃない。サイズも小さかった――アルファの半分くらいで電磁石の高さは十フィートだった。カルトロン自体は競馬場に横向きに挿入されていて収集器は定期的に中身を抜きとられて空にされた。もちろんこのシステムの肝はウラン二三五のほうがウラン二三八より中性子三個分軽くて磁場のなかでより小さな弧を描いて進むところにあった。

もちろんと言われても。

そこでひっかかるの。

ごめん。続けてくれていい。

ほんとにいいの。

いいんだ。続けて。

最終的には大きな煉瓦造りの建物が九つできたの。もしかしたら今でもまだあるかもしれない。見た目は大規模な靴製造工場といったところだった。アルファ施設が五つにベータ施設が四つ。全部で千百五十二個のカルトロンがあった。装置は継続的に稼働し一つのカルトロンを一人の若い女性がモニターした。私語は厳禁。長い通路に置かれたスツールに坐ってダイヤルを見ながらつまみを微妙に回してビームの流れが最大になるよう調節する。それはゆっくりとしたプロセスだった。ヒロシマを壊滅させた原爆リトルボーイを製造するためのウラン二三五は一度に数ポンドずつブリーフケースに入れてビジネススーツ姿の陸軍将校が一人で持ち列車でサンタフェまで運んだ。六十四キログラムで必要量に達した。

被曝はしなかったのかな。スーツ姿の将校は。

しなかった。

トポロジーを今みたいな簡潔なやり方で説明できる？

冗談で言っているんじゃないでしょうね。

違う。冗談じゃない。

できないと思う。電磁分離のプロセスはごく単純な機械操作だから。十歳の子供にもわかるように説明できる。トポロジーは形の数学。わたしが思うにポアンカレ予想は本来は球状なのにそうでない現われ方をする形の性質と関係がある。ほとんど。でもこれもいい例じゃないかもしれない。特に予想が間違っている場合は。うん。まあポアンカレにとってあれは予想ですらなかったから。むしろ問いだったのよ。

予想は間違っているときみは思っている？

いや。でも証明はとても難しいかもしれない。

きみのお父さんはY－一二を視察中にきみのお母さんと出会ったんだったね。

ええ。そっと手紙を渡したの。

電話をしてほしいと。

そう。

お母さんは電話した？

いいえ。父が二日後にまた来てノートのページを一枚と鉛筆をよこしたから母はそれをしばらく眺めてから電話番号を書いた。それと名前も。電話番号は寮の廊下にある電話のものだった。でも翌日父はかけてきた。

それで。

それでわたしがいる。

カルトロンを開発したのはローレンスだったね。

そう。彼はよくY－一二に来ては坐ってカルトロンの一つの収穫率をあげてみんなに装置の生産能力がまだまだあることを示してから腰をあげて帰っていった。あと五分ほどそのままにしていたら装置全体が発火していた。父の話ではローレンスがバークレーでサイクロトンの開発をして大きな銅製のスイッチを入れたときはフランケンシュタインの映画みたいだった。何枚もの炎のシートが実験室内を走ったと思うとキャンパス全体が停電で真っ暗になったそうよ。科学者たちはオークリッジをドッグパッチと呼んでいた。漫画の『リル・アブナー』に出てくるアパラチア山脈のなかの町になぞらえて。戦争の終わり頃にはガス分離方式の濃縮工場K－二五が稼働しはじめてアルファ施設は閉鎖されたけどK－二五で生産された濃縮ウランは従来どおりベータ施設に通された。

お母さんはその仕事をどれくらいやった？

二年。二年弱。

お父さんと出会ったときは何歳。

十九歳。だったと思う。二十歳かもしれないけど。

お父さんのほうは。

三十代前半。父が何年生まれかは知らない。父自身が子供の頃や若い頃のことをあまり話さなかった。前にも結婚していたことがあって。その事実はボビーが掘り起こしたの。

お母さんはそのことを知っていた？

いや。父はそれを話したら結婚してもらえないとわかっていたの。

最初の結婚では子供はいなかったのかな。

男の子が一人。四歳くらいのときにポリオで死んだ。わたしはその子のことを考えることがある。

その子のことを考える？

ええ。わたしの兄なわけだから。

ご両親はいつ離婚を？

彼女に会いにいったの。向こうはあまり喜ばなかった。

え？

会いにいったのよ。最初の奥さんに。カリフォルニアに住んでた。

相手はきみに会って驚いた？

驚きはしなかったと思う。わたしの噂を聞いていたしいずれ会いにくるだろうと予想していたはずだから。

会いにいったのはお父さんが亡くなったあとだね。

そう。

彼女はなんと言った？

こう言った。ちゃんと育ったのね。彼女もとても魅力的な人だった。

ほかには。

特に何もない。こうして会うことに何の意味があるのと言った。わたしの兄にあたる子はエアロンという名前だった。

ユダヤ人なんだ。

ええ。

ユダヤ人女性が好みだったんだろうか。お父さん。

母がユダヤ人だとは知らなかった。

物理学者だったの。前の奥さんは。

いや。医者だった。心臓が専門の。研究所で働いてたけど。父がなぜ離婚したのかは知らない。

二度とも。

二度とも。そう。相手方の意向じゃなかった。

奥さんたちの。

奥さんたちの。そう。

この質問はあれだけどお父さんは恋愛遊戯が好きだったのかな。

わからない。そうじゃなかったという認識もない。煙草持ってきてくれた？

持ってきたよ。鞄にある。どこかに入れたんだ。あった。

ありがとう。

ライターは持ってきたけど灰皿のことは思いつかなかった。

グラスを使うから。

わかった。ご両親は喧嘩をした？

いや。最後のほうは父はあまり家にいなかった。南太平洋であちこち吹き飛ばすのに忙しくて。

それはかなり批判的な言い方だね。

批判じゃない。男の子は爆破が大好きだもの。

それはまじめに言っているんだね？

ええ。

ご両親が別居したとききみは何歳だった？

わからない。徐々にだったから。

ほかに何が起きたかな。どちらも再婚はしなかったんだね。

そう。あの二人は愛し合ってたと思う。でもどんどん難しくなっていった。母は苛々しているように見えた。煙草の吸い方が早くなった。もちろんあれは芝居だったのかもしれない。あの人は食えない女だったから。

ポーカーみたいなものかな。表情を作るわけだ。

それは重要なことじゃないのよ。ほかに何が起きたかと言えば母は当時で言う神経衰弱になってしまった。

神経衰弱。

当時の言葉でね。母は入院した。二回。わたしと兄は祖母の家で暮らすようになった。母の病気のことは一度も話題にのぼらなかった。

そのときさみは何歳？

四歳。ノックスヴィルのセントメアリー小学校に入学したときわたしはまだ六歳になってなかった。最初の週の終わりにクラスの首席になったときから大人たちはその種のことを話さなくなったの。話題にのぼらなかったのなら何が起きているのかをどうやって知ったんだろう。

あれこれ考え合わせて推測するのは難しくなかった。今でも覚えてるけど母が台所の床に倒れて意識を失っているのを見てわたしはどうしていいかわからなくてボビーが泣きだしたからわたしも泣きだしたものの本当はどういう気持ちになったらいいかわからなかった。

ボビーが泣きだした？

ええ。

そのとき何歳？

十歳。

ロスアラモスでのことだね。

そう。

お母さんの感情の乱れはどういう性質のものだったと思う？

さあ。癌と診断されたあとはほかの症状は全部消えた。そして死んだ。

お母さんに訊いてみたことは。

一度だけ。何もかも否定した。ほぼ全部を。

否定するのは難しかったろうに。

あなたはこの仕事をどのくらいしてるって言ったっけ。

わかった。このことについてお兄さんと話したことはある？

ええ。

お兄さんはなんと。

母は神経衰弱になったと言った。きっとあなたは不特定のおそらくはありもしない病気の遺伝的素質を探そうとしてるんでしょうね。

きみが家族にどんな感情を持っているか感じをつかもうとしているだけのつもりだが。

これどこへ捨てたらいい？

二三度吸っただけだね。

わかってる。

こっちへ貰おう。ふと思ったんだけどきみの異常な経験はちょうどお母さんが亡くなった頃から始まっているようだ。お母さんとの関係は濃いほうだったんだろうか。

仲はまあまあよかった。でも母は医者の言うことを信じるようになって自分の娘は狂人だと考えながらお墓に入っていった。

それはきみには辛いことだった？

ええ。辛かった。死んだあとは辛さが増した。母の人生がどんなものだったかが見えてそのことで罪悪感を覚えた。わたしは祖母を必要としてたけどわたしは祖母が必要としてたものじゃ全然ないということを考えてなかった。祖母が自分の娘を失ったばかりだということをわたしは考えてなかった。それから間もない頃に夢を見た。母の夢を。夢のなかで母は死んでいて何人もの人が担ぐ舟に載せられて街を運ばれていった。舟には花が盛られ音楽が演奏されていた。ほとんどバンドの音楽のようだった。トランペットが吹かれた。葬列が角を曲がってきたとき花のあいだに母の仮面のように青白い顔が見えた。葬列は街路を進んできてわたしの前を通り過ぎた。そしてさらに進んでいった。それからわたしは眼を醒ました。

その夢のポイントはわかる？

わからない。

大丈夫？

ええ。大丈夫。

その夢は二度と見なかった。

ええ。

何度も見る夢はある？

ええ。たぶん無意識はときどきある種の夢をずっと見つづけ改訂を加えつづけてこちらに理解してもらおうとするのよ。でも興味深い部分はそこじゃないけど。

興味深い部分はどこ？

興味深い部分はこちらが理解してないのを無意識は知ってること。無意識はほんとのところ続けるべきものを持ってるわけじゃない。無意識はこちらの心を読むのかしら。ときには同じ話を何度も繰り返そうとする。そして行き詰まる。行き場がなくなる。わたしが何度も見た夢はとても異例のものでもある——本当に前代未聞のものなの——夢を見てる人が出てこないという点で。

きみは普通はどの夢にも登場するの。

ええ。

人は自分の出てこない夢は見ないときみは思っているんだね。

人はほかの人に興味がある。でも無意識はそうじゃない。あるいは自分に直接影響を及ぼす他者にだけ興味がある。無意識は非常に特別な仕事をするために雇われてるのよ。無意識は眠らない。神よりも律儀なの。

それはどういう夢だった?

なぜ話さなくちゃいけないの。

また冗談を言っているね。

かもしれない。そうでないかもしれない。

誰かに話したことは。

ない。

するときみとぼくだけがこのサブリミナルな物語を知ることになるわけだ。

赤ちゃんがやってきてからあなたは優しくなったわね。

え、何?

ごめんなさい。兄の友達がよく言う台詞なの。意味はよくわからない。別にいいの。その夢はわたしの秘密を含んでるわけじゃないから。というか含んでないとわたしは思う。それはただの夢。運命的な言葉。というより古い寓話のようなもの。あるいは古い歴史譚ですらあるかもしれない。何かに向かって繰り返し語られてきたもの。

でもそこにきみは出てこないと。

出てこない。もっともわたしは何世代も後の夢見る人で焚火のそばで年長者の脇に坐って話を繋ぎ合わせているのかもしれない。

集合的無意識は信じる?

あれがユング博士の専売特許にならなかったらああいうものにもう少し意義を認めると思う。

そろそろ問題の夢の話をしてもらおうかな。

話すとは言ってないんだけど。

話してくれようとしていたよね。

わかった。女たちが洗濯物から眼をあげて自分たちが愛し育んできたものがすべて踏みにじられるのだと理解する。彼女らは一瞬のうちに過去も未来も持たなくなる。子供たちに教えてきたことは世界から跡形もなく消し去られ今や自分たちは寡婦と奴隷の群れになっている。彼女らが見たのはどこからともなく現われた騎乗の軍勢で村を見おろす土地の隆起の上にずらりと並んでいる。騎手たちは皮の服を着て馬は生皮の鎧をつけその鎧には砂埃をかぶって色が薄れた円形の模様が描いてある。村の男たちが斧や槍を持って小屋から出てくるけどまもなく共同の血溜まりに横たわり女たちはレイプされ村は火をつけられて焼かれ生き残った者は家畜のように軛《くびき》に繋がれ涙と血を流しながら見たことも想像したこともない国へ歩いていくの。

夢にしてはとても克明のように思えるけど。

繰り返し見るとどんどん細かいところがわかってくるのよ。

それでこれは何を意味すると思う？

意味はわからない。女の一人は母じゃないかと前から思ってるけど。

でもきみ自身はそのなかにいないんだね。

いない。

ほかには。

もちろん母のなかにわたしがいるなら話は別ね。それを考えたことはなかったけど。ほかには？

さあ。今まで夢の話を誰にもしたことがなかったから。

その夢はきみが何かで読んだものと関係していると思うかい。

この前あなたが何かで読んだことを夢に見たのはいつ？

そういうことは起こらないと思っているんだね。

ええ。あなたは起こると思ってる？

どうかな。ちょっと考えてみないと。初めて病院に連れていかれたときのことは覚えている？

頭がおかしくなったことで？

まあそういうことだ。

覚えてる。ノックスヴィルに連れていかれた。四歳のとき。

四歳で精神病か。

それも重度のケース。眼科に連れていかれたの。斜視だったから。

精神疾患があるから眼科に連れていかれたわけじゃないんだろう。

ええ。眼科医が精神疾患を指摘したの。家族はわたしを変だと思ってたんだけどそのことで病院へ連れていくことは思いつかなかった。もしかしたら病院へ入れたらもう取り戻せないと思ったのかもしれない。それともまたすぐ帰ってくると心配したか。とにかくそれが精神分析医たちとの馴《な》れ初《そ》めだった。

その日のことで何を覚えている？

たとえばどういうことで。

とにかく覚えていることを。

とにかく覚えていることを。

そう。

いいわ。七時頃に起きて階下《した》におりたら台所にいる祖母がオレンジジュースをくれて二階へあがってお母さんを呼んできてと言った。

どうして七時だとわかったの。

台所の時計を見たから。

時刻というものがわかっていたんだ。

ええ。

四歳で。

そう。

続けて。

犬の柄のパジャマを着たわたしが二階にあがって母を起こしたら今何時と訊くから時刻を言って台所に戻るとエレン祖母ちゃんがわたしを椅子に坐らせた。

きみのお祖母さんのことだね。

ええ。祖母ちゃんは朝食を作っていてラジオをつけていてわたしは窓の外を見た。車回しに祖母ちゃんの車が駐めてあるのが見えた。青い車で最近買ったばかりだった。祖母ちゃんにはまだ二台目の車だったと思う。そのときは冬でストーブには火が焚かれていて外の木はみんな裸で牛たちが車回しの端のフェンスぎわに来ていて川沿いの木はどれも灰色で枯れているように見えた。ボウルに入れたコーンフレークを食べていたら母がおりてきてコーヒーを飲んでからわたしを二階に連れていって服を着替えさせた。わたしは緑色のコール天のジャンパースカートと緑色のセーターを着てホックでストラップを留めるポール・パロットの靴を履いた。そして八時ちょっと前に家を出てノックスヴィルに向かった。

いいだろう。だいたいわかった。それじゃ医者がどう言ったかを教えてくれないかな。

こんにちはお名前はと言った。

それは検眼士《オプトメトリスト》だね。

いや眼科医《アフサルモロジスト》。わたしが変だなと思ったのは飛び込みで受診したわけじゃなかったから。母が前もって電話をして予約をしていたのよ。だからわたしは全部が初めから完全に嘘っぱちだと知ってたけどそれでも自分の名前を言ってその医者にほかに誰が来るっていうんですかと訊いたの。

医者はなんと答えた？

何も言わなかった。四歳児の言うことをまともに聞く人はいないから。医者はわたしの母を見て微笑んだけどそれは嘘臭い微笑みでわたしはもうとにかく早くそこを出ていきたかった。

きみは母親が予約したのだからその医者はきみの名前を知っているはずだと思ったんだね。

そう。

医者はきみには普通じゃないところがあると思った。

うーん。そのあと会話らしい会話は成立しなかったから。でもそうね。医者はわたしに何かおかしいところがあると思ったのよ。

きみが初めてそのことを感じとったのはそのときだった？

いいえ。誰かが母にそのことを初めて言ったのがそのときだっただけ。

その医者はお母さんになんと言ったの。

知らない。とにかくいいことじゃなかった。

お母さんはそのことで何か言った？

わたしにあなた先生に失礼な口をきいたわねと言った。あとで車のなかで。母はこの子の頭を調べてもらわないととよく言っていた。でもそれは家族のなかだけで通じる言い回しだった。本当に言いたいことはわたしが利かん気だということなの。でもあのとき母は本当にそうすると言った。わたしの頭を調べてもらうって。母は動揺していた。

きみが医者に失礼な口をきいたから？

母はその医者がちゃんと意味がわかった上でわたしのことを言ってると思ったの。なぜかはわからない。ただの眼科医なのに。でも病院を出るとき母が不安そうにしてるのがわかった。たぶん母自身のことで不安だったのだと思うけど。眼と頭のおかしい子供が自分の重荷になってくるのがわかったんだと思う。

今言ったことを全部考えたの。

そのほとんどを。大きくなってそれについて考えたことはある。でももともとの考えは残ってるの。記憶は物質。無形のものじゃない。

お母さんはきみを精神分析医のところへ連れていった。

厳密には心理学者。

何が起きた？

何も起きない。四歳児だから。四歳児の精神障害に診断をくだすのは難しいでしょ。

きみにとって辛い時期だったかな。

いや。辛かったのは大人たちだけ。わたしは祖母が大好きだった。よく朝に台所で祖母がビスケットを作っているときそばに坐って見てた。祖母は大理石の麺棒で生地を伸ばしてわたしはお絵かきをしてた。わたしは冬が好きだった。地面に雪が積もってストーブでは火が燃えていた。

その頃お父さんはどこにいたの。

南太平洋であちこち吹き飛ばしてた。

何人かの医者がきみに自閉症の診断をくだした。まだ自閉症の解明が進んでいない頃のことだ。というか全然理解されていなかったと言ってもいい。もちろん今でもすっかり解明されてはいないわけだが。

そうね。患者の状態が解明されないならこれまた解明されていない疾患の名前をあてはめておけばいいだろうってことね。自閉症の発症は女より男のほうに多い。数学的才能も同じ。そこでわれわれは考える。これはどういうことか？　わからない。その核心には何がある？　わからない。わたしにわかるのはわたしは数字が好きということだけ。わたしは数字の形や色や匂いや味が好き。そしていろんなことについてほかの人が言うことを信じるのが好きじゃない。母の病気だった日々の最後の数カ月に父はようやく家で過ごすようになった。父は裏庭の燻製小屋に書斎をかまえた。壁に大きな四角い穴をあけて窓をつくり外の野原と川が見えるようにした。木のドアを木工作業用のうまで支えて机にして馬の毛を詰めた古い革張りのソファを一つ置いた。革はぱりぱりに乾いて罅割れ馬の毛が飛び出してたけど父は毛布をかけて使っていた。ある日わたしは小屋に入って机につき父が取り組んでいる問題を見てみた。その頃はもう数学を少し知っていたの。実際のところはかなりと言っていいくらい。紙に書いてある問題を解こうとしたけど難しかった。わたしは方程式が好きだった。大文字のシグマの総和記号が好きだった。問題が順序よく解けていくプロセスが好きだった。父が入ってきてわたしを見つけたからわたしはまずいと思って飛びあがったけど父はわたしの手をとってまた椅子に坐らせいっしょに問題を考えはじめた。父の説明は明晰だった。簡潔だった。でもそれだけじゃなかった。メタファーに満ちていた。父がいくつか描いたファインマン図をとてもクールだと思った。それは父が説明しようとした素粒子の世界を図示したものだった。衝突。重しをつけたルート。わたしは理解した——本当に理解した——方程式というものはその命がページの上でそれらを記述する記号のなかに押しこめられている形式の代替物ではなくてわたしの眼の前に存在していることを。現実のものとして存在していることを。それは紙のなかに、インクのなかに、わたしのなかに、存在していた。宇宙は。眼に見えないからといってそれらやそれらの存在が否定されるものじゃない。その一生が否定されるものじゃない。それは現実そのものの一生。それ自身は眼に見えないけれどずっと存在してるもの。父はわたしの手を離さなかった。

大丈夫？

ええ。ごめんなさい。

もう一本煙草を吸う？

いや。そもそも好きじゃないし。やめとく。

わかった。一つ訊いていいかな。

どうぞ。

お兄さんの思い出は何かないだろうか。

兄の。

そう。

ふう。いいわ。ノースカロライナの浜辺の家。朝起きて兄の部屋へ行ったら兄はもう外に出ていたから魔法瓶に紅茶を詰めて暗い砂浜のほうへ歩いていくと兄は砂の上に坐っていてわたしたちは紅茶を飲みながら太陽を待った。サングラス越しに見ているると太陽は赤い色を滴らせながら海からあがってきた。前の夜に二人で砂浜を歩いているとき月と幻月《モック・ムーン》が浮かんでいたんだけどその幻月のことを話したときわたしは光だけで構成されているものについて胡乱《うろん》なとかもしかしたら見間違えたものとか誤って認識されたものとか現実性の疑わしいものといったニュアンスで語るのは以前から何か裏切りのようなものに思えていたという意味のことを言ったの。兄はわたしを見て裏切り？　と訊き返した。わたしはそうだと答えた。光で構成されているもの。わたしたちの保護を必要としているもの。それから朝になってわたしたちは砂の上に坐り紅茶を飲みながら太陽がのぼってくるのを見たの。

Ⅳ

お早う。

お早う。

気分はどう？　ちょっと憂鬱そうだけど。

憂鬱。

必要なものは足りている？

もっと具体的に言ってもらえる？

ごめん。まずまず快適に過ごしているのかどうか訊いただけなんだ。もし何かぼくにできることがあったら。

とにかく始めましょ。

今のは社交辞令じゃないよ。

そう。じゃピンポンのネットでも張る？

きみはピンポンをやるのかい。

いいえ。

一般的なルールとして患者が自分に害をなす機会を最小限にするということがある。だからほんとに用心深くならざるを得ない。ベルトやロープの類は厳禁だ。ガラスなどの鋭利なものも。

ゆえに鏡《エルゴ》はステンレス製なのね。

そう。

ピンポンのネットからぶらさがった患者を何人も見たことがある?

いや。でもたぶん起きたことがあるだろう。どこかでね。何かかわりとすんなり認められそうなものをぼくから病院にリクエストするというのはどうかな。

いい。ネットか然《しか》らずんば無を。

すまないね。何を話そうか。

さあ。あなたが三つ質問してわたしも三つするとか。

いいよ。

いいの。

もちろん。

どっちから。

きみからでいい。

わかった。何でもいいのね。

いいんじゃないかな。

そう。じゃあ奥さんの名前は。

エドウィナ。

また冗談を。あっと。ごめんなさい。悪いこと言っちゃった。

大丈夫。

愛称はある?

エド。

奥さんをエドって呼ぶの?(エドは普通はエドワードなど男の名前の愛称)

そうだよ。これで三つだね。

ねえちょっと。

わかった。じゃあと一つ。

結婚してどれくらいになるの。

十一年。合計で。ぼくは離婚したあと三年間独身だった。それからまた同じ相手と再婚してそれ以来婚姻関係は続いている。これで質問はいくつかな。

なぜ離婚したの。

それは前に訊かれた気がするけど。

わかってる。あなたは悪い夫だったの。

それはちょっと踏みこみすぎだな。

どうだったの。

終わり終わり。ぼくの番だ。

答えてないじゃない。奥さんといっしょに出かけることはある?

ある。もちろんある。

どういうところへ行く?

食事に行ったり。友達と会ったり。映画を観たり。オーケストラの会員にもなっている。ボウリングも行く。

ボウリングは行かないでしょ。

行かない。たしか今度はぼくの番だよね。

わかった。訊いて。

ジョークだよ。ボウリングは。

ボウリングはくだらない《ジョーク》ものじゃない。わたしはボウリングが大好き。ボウリングが命。

それは怪しいな。日記はつけている？

いいえ。

日記をつけたことはない？

つけたことはないとは言ってない。

でも最近はつけてないと。

最近はつけてない。患者の日記を読んだことはある？

ないな。

読めば役に立つと思うけど。

きみはぼくが正直に答えているか知りたいだけだろう。文章が読めるようになったのは何歳のとき？

四歳のとき。

お母さんに教わったのかい。

というわけでもない。夜ベッドで母が本を読んでくれるときいっしょに本を見ていて覚えたの。わたしが読めるようになったのを知ったとき母は怖くなったみたい。でも責任はあなたにあったのよね？
ぼくの離婚か。
そう。
ああ。そのとおり。
そのあと奥さんはあなたをまた受け入れた。三年後。
うん。ありがたいことに。
跪《ひざまず》いてお願いしたの？
いや。ぼくが質問する番だと思うけど。
でも一生懸命求婚したのね。
まあね。
わかった。
きみには友達がいない。これはつまりほかの人間は退屈ということかな。
いいえ。ほかの人間はいつも意表を衝いてくれる。
ぼくもきみの意表を衝くかい？
それはもう訊かれたと思う。まあぎょっとさせられることはないわね。
ずっと付き合いのある人はいる？
ええ？　付き合いのある人？
そう。
人とは付き合わない。
全然？

全然。

それは意識的にそう決めていると思うんだが。なぜそう決めたのか訊いてもいいかな。

なんでも訊いて。わたしはあなたの実験動物だから。

それは違うと思うよ。

わたしが欲しい男はわたしを抱いてくれない。そういうこと。わたしはその男を愛さずにはいられない。だからわたしの人生はもう終わったも同然なの。

例の謎の男か。

ええ。

ぼくの知っている人じゃないだろうけど。知っている人かな。

言いたくない。

でも求愛者《スーターズ》は何人もいただろうに。

求愛者。古語ね。それってダンスフロアで身体を触ってくる酔っ払った田舎者も含まれる？

含まないと思う。なんだか落ち着かない感じだね。

いつも以上に？

そうだね。きみはある男性を愛していた。それはいつ頃のこと？

今も愛してるの。

今も愛してると。

この話はやめたほうがいいかもしれない。

わかった。

わたしはあなたが思ってるほどそのことに関心を持ったことはないの。わたしは自分がちょっと怖い存在だという事実を受け入れなくちゃいけなかった。それにもちろん狂気の汚名のこともあるし。

あなたがこの問題をそっとしておいてくれそうにない感じがするのはなぜなの。

すまない。しかしきみが自分を狂人と称するのは意外だという気がするんだが。

わたしは自分で自分をそう説明してるとは言わなかった。それでもわたしが自分は正気だと言い張ればあなた方はその主張の拠り所について考えてみなくちゃいけなくなる。そしてもちろんゴム張りの部屋にいる人間がその人間をそこへ入れた人たちとは相容れない世界観を持ってるとしても意外なことじゃないはずよ。

きみはその二つの世界観に同等の正当性があると主張しはしないよね？

それでいい。

何がそれでいい？

あなたが困るならその主張はしない。

どうもわれわれは本来の主題から逸れ続けている気がする。

本来の主題って何。

きみだ。

はは あ。

自分は異邦人《エイリアン》だという感覚——単に疎外されていると感じるだけじゃないもの——それは精神病者にわりと広く共通して見られると思うんだ。

あるいは異星人《エイリアン》にね。

小説や映画でよくある場面に殺人者が鏡に映った自分の姿を見てしまうというのがあるだろう。狂気じみた顔の人間が血飛沫《しぶき》を浴びた姿で斧を高く持ちあげているのを不意に見たあとそれが自分だと気づく。物語のなかではそれはまだ心のどこかに埋もれた形で良心が残っていることを暗示している。きみならそれをどう解釈する？　そこで何が顕になるのだと思う？

メロドラマ趣味ね。一つ質問していい？

どうぞ。

なぜわたしにあなたを虐《いじ》めさせようとするの。

さあ。そんなことしているかな。

まあそれは重要な点じゃない。あなたが生きている世界は一連の合意事項に支えられている。あなたが考えてるのはそのことかしら。できることなら世界の真実はわれわれの共通の経験のなかに存在していてほしい。もちろん科学や数学や哲学の歴史はこの考え方とはかなりずれてきた。革新や発見はその定義からして従来の共通理解と戦うことになる。人々が警戒するのは当然よね。あなたはどう思う？

さあ。きみの世界観がよくわからない。

わたしには世界観なんてない。前はあったけど。今はない。もっともわたしには独我論がかなり異論の余地のない立場だとずっと思えてきたことは——ここでもう一度——言っておかなくちゃいけない。

薬物治療のことを考え直してみたらどうだろう。まだ検討していない選択肢がいくつかあると思うんだが。

それはいくら言っても無駄。

反対する理由をはっきり説明したことはまだないようだけど。

あなたの納得がいくような理由はという意味？

まあそういうことでいい。

抗精神病薬とは何でありどう効くのかはわかってない。なぜ効くのかも。結果生じるのは遅発性ジスキネジアで患者は壁を手探りしながら歩くはめになる。手足が勝手に動いたり涎が垂れたりぶつぶつ呟いたり。もちろんこうして空虚に向かってゆっくり旅をするあいだには途中駅でもっと暗澹たる知らせを聞くことになる。突然の寒気とか。世界にはあるレベルの惨めさに達した人にしか見えないデータがあるの。そこに何があるのかはそこへ到達しなければわからない。逆に喜びは感謝することをめったに教えない。黙って考えこんでるのね。

ただ黙っているだけだ。

全般的に無気力になることとは別にして幸福感には天井があるみたいね。わたしの推測ではとても幸せだと思うのが上限じゃないかな。それに対して悲しみには底がない。不幸が深まるたびにそれ以前には想像もできなかった状態になる。そして次にはもっと悪くなるという示唆がある。

今日はもっと明るい感じで始まったような記憶があるんだが。

ごめんなさい。

きみの一番の悩みを言葉にしてみてくれないかな。それなりの時間話してきたけどまだきみの人生をほんの少ししか摑めていないんだ。

無理しないで、先生。わたしたち二人はまったくの仮説的な世界に向かってるの。そこにたどり着けばわたしたちは今より幸福になれるのよ。

きみの言葉を額面どおり受けとるしかないだろうね。バイオリンは今でも弾いている？

いいえ。

前は弾いていた？

たまに。

練習する時間を見つけられなかったとか。

見つけようとしなかった。

目標はどの辺に置いていたんだろう。

十位以内。

世界の？

そう。世界の。ほかにある？

きみは自分の数学の才能にどうやって気づいたのかな。

自然にわかるの。もしやなんて自問さえしない。

音楽にはセラピーの効果があると思う？

わたしはまた音楽をやるべきなの？

一般的な質問だよ。

音楽によるかな。

音楽には獰猛な野獣《サヴェッジ・ビースト》をなだめる力《パワー》がある。

胸《ブレスト》。

え？

野蛮人の胸《サヴェッジ・ブレスト》をなだめる力。もっと正確に言うとなだめる魔力《チャームズ》がある（Music has charms to soothe a savage breast. は十七〜十八世紀イギリスの劇作家ウィリアム・コングリーヴ『喪に服する花嫁』の名句だが、一般には Music has power to soothe the savage beast. も流布している）。

本当に？

ああもう。

ごめん。あのバイオリンが恋しい？

ええ。とても。

きみは人生の支えを捨ててしまう傾向が自分にあるかもしれないと思わないかな。

これって心理学のセッションよね。あなたの質問への答えはわからない。何？　わたしが？　わたしたちが？　世界がわたしたちからそういうものを剝ぎとろうという欲求を持っているのにわたしたちが偏愛するものを積みあげて対抗できるわけがあるかしら。あなたの質問の趣旨はわかると思う。前にもその話をしたことがあるし。わたしたちが好きなものを諦めたら世界はわたしたちから本当に愛しているものを奪うことはしないと考えるのは迷信かもしれない。もちろんそんなのは甘い考えよ。世界はわたしたちが何を愛してるか知ってるから。

興味深いね。

わたしは自分のことを人に謝るのはだいぶ前にやめた。どう謝ればいいっていうの？　こんなわたしでごめんなさい？　わたしにはほぼどうしようもないことなのに。あなたの質問のことだけど——わたし個人の好みに従って全体を概観すれば——難問っぽく見えるものってたいてい稚拙に提示されたテーゼにすぎないと言っていいの。このことは前にもそれとなく言ったと思う。実際のところはヴィトゲンシュタインの大胆な意訳みたいなものよ。まあどうなのかな。ほかのことを話したほうがいいかもしれない。

この話題がわりと好きなんだが。

勘弁してほしいな。

冗談冗談。ミス・ヴィヴィアンというのは誰？

比較的年輩の女性。身体が細くて。エキセントリックな人。けばけばしい服を着て厚化粧をしてた。

首にはみすぼらしい毛皮のストール。ラインストーンをちりばめた柄付き眼鏡で人を見て象牙のホルダーに差した煙草を吸ってた。

過去形で言うんだね。

もうしばらく会ってないから。

その人は〈キッド〉一座の演者？

そうじゃない。

話をしたことはある？

もちろん。椅子に坐ってお喋りした。あの人はとても悲しんでた。化粧が流れ出してた。というか彼女の場合は化粧が浸食されて谷ができてた。

何を悲しんでいたのかな。

赤ちゃんたちのことで悲しんでた。赤ちゃんたちのことでよく泣いてた。

赤ちゃんたち？

そう。

どういう赤ちゃんたち？

知らない。たぶんすべての赤ちゃんたちだと思う。

なぜきみはこのことに特に興味があるんだろう。

わたしは生まれてから最初の二年間ずっと泣きつづけていたから。

それは納得できる理由だね。彼女がなぜ赤ちゃんたちのことで泣いていたかは知っていた？

あの人は何も言わなかった。赤ちゃんたちは不幸だということ以外は。ほんとにこの話を掘りさげたい？

それはきみ次第だけど。そうだね。もう少し知りたい。

あの人は長いあいだ現われなかった。わたしは会いたいと思ってる自分にびっくりした。あの人の夢を見たの。わたしは会いたい話がしたいという気持ちを持ってたら彼女が戻ってくるだろうと思った。でも戻ってこなかった。それはどんな夢だった？

え？

あなたの次の質問を代わりに言っただけ。

わかった。それはどんな夢だった？

子供たちが泣いている夢だった。わたしの眼が醒めたときもまだ泣いてた。でもだんだん声が遠くなっていった。その声がやんだとはわたしは思ってない。もう聞こえなくなっただけなの。わたしは赤ちゃんたちのそばにいたことはあまりなかった。でも赤ちゃんがいつも泣いてるのはなぜだろうと思うようになった。

赤ちゃんが泣く理由はいろいろじゃないかな。そうだろう？　おむつが濡れたとかおなかがすいたとか。

わたしはそれ以上の意味があると思う。動物は空腹だったり寒かったりすると低い鼻声を出すことがある。でも大声で鳴いたりはしない。それはまずい行動よね。大きな声を出せば出すほど捕食される可能性が増すから。逃げられないときは沈黙を守る。鳥は飛べないときには囀《さえず》らない。無防備なときは意見を言わないでおく。

メタファーになってきたね。

生物学の話をしてるだけよ。

わかった。

わたしをぎょっとさせたのは赤ちゃんの泣き声に含まれる苦悩の響きよ。わたしはそのことを気にするようになった。バス停留所にはいつも赤ちゃんがいていつも泣いてる。それは普通の不満を訴えてるんじゃない。ちょっとした生理的不快がなぜあんな断末魔の叫びの形をとるのかわたしには理解できなかった。こんなに繊細な生物はほかにいない。考えれば考えるほど自分の聞いているのは憤怒の声だということが明らかだと思えた。そして一番驚くのは誰もそれを驚くべきことだと思わないらしいという事実だった。例外はミス・ヴィヴィアン。もちろんいくら彼女が優雅で優しくて思いやり深くても結局は年寄りの狂人だと指摘することはできる。あるいは実在するかが曖昧な存在だと。だからわたしはその問題を一旦家に持ち帰った。あなたとこのことを本格的に話題にしたことは一度もないと思う。彼女はただ泣きだして首を振るだけだった。もし彼女がこれだけの荷物を全部わたしのところへ持ってきたのならわたしがそれをどうにかすることを期待していたに違いないと思ったけど事はもっと複雑になってきたの。わたしはそれについて考えた。子供たちの怒りは世界があるべき姿になっていないことと関係しているある深い本質的な契約の破棄として以外に説明はつかないように思える。わたしは子供たちが無防備なまま世界に晒されるのが世界なんだと理解したの。

今のはちょっと空想的だと思わないかな。

思う。

世界のあるべき姿なんてどうして子供にわかるだろう。

子供はそんなふうに生まれなければならないの。正義の感覚は世界共通よ。すべての哺乳類に共通なのは確か。犬は何が正しくて何が正しくないかを完璧に知っている。犬はそれを学んだんじゃない。その感覚を持って生まれてきたの。もっと空想的になりたい？

どうせなら徹底的に。

もっと空想的になるなら正義の観念と人間の魂という観念は同じものの二つの形という理解にたどり着く。

それは今思いついたんじゃないだろうね。

違う。

動物はどうなのかな。

彼らは叫ばない。もちろん空想的になることはそれ自体が狂気の徴だけど。とにかくこのことはただちに次の問いへと繋がっていく。

その問いとは？

子供の人生のどの時点から怒りは悲しみになるか。

どうだろうね。ピアジェはその問いをとりあげなかったと思う。なぜだろう。

なぜだかはわかる気がする。赤ちゃんたちが取り乱す原因になる不正義は取り返しのつかないものだから。怒りは解決できると思う事柄についてだけ感じるものよ。解決できないことについては悲しむしかない。ある時点で赤ちゃんたちはこれを知るの。

生得的な正義の感覚というのは人に納得させにくい概念かもしれない。生まれたときから子供がこの感覚を持っているかもしれないというのはね。

赤ちゃんたちはほかにほとんど何もないのよ。落ちるのが怖い。大きな音が怖い。おっぱいが好き。それ以外のことはどれも潜在的なものにすぎない。スキーマはあるけどまだ何も起きていない。生得的でしかも充分に形ができあがっているものは稀。しかも原始的で。必要なものは。子供が啜り泣きながらこんなのひどい《イッツ・ノット・フェア》（直訳すると〝これは正しくない〟）と言っているときはいつも真実を語っている。

それでミス——ヴィヴィアンだったかな？

ヴィヴィアン。

ミス・ヴィヴィアン。彼女はそのことをきみに伝えるために遣《つか》わされたと。それは知らない。前から思ってるのはそれはわたしたちが次の問題に進む前に理解しなくちゃいけないことにすぎないんじゃないかということ。

次の問題というのは何。

それはそう簡単じゃない。わたしにはその問題をうまく扱えてるとは言えない。もし誰かが世界はそれが抱えるすべての問題に対する解毒剤を持ってると言うならそれはまったくの間違いではないとわたしは言うでしょうね。でもこれを支えてるのは世界にはその一番新しいバージョンを扱う無限の問題性に基礎を置かない秩序があるという考え方なのよ。

今のはちょっとわかりにくいね。どこかプラトン主義の響きがある。

わかってる。でもそこで言いたいことは知覚がただの影にすぎないような現実が存在するということじゃなくてそれ自身の無限の実験を支えられるだけの耐久力のある現実が存在するということ。

きみは歯ブラシ一本だけを持ってこの病院にやってきた。あれはどういうわけだろう。いやまあ。もちろん現金も持っていたけど。

さあ。わたしはずっと禁欲的な生活をしてきたの。ボビーがよく買い物に連れていってくれたけど買った服はクロゼットに吊るしたままだった。アマティを弾くのをやめたときはものすごく辛かったと思うけど。

弾くのはやめてしまったの。

わからない。今でもバイオリンは弾きたいと思う。バイオリンはいつもわたしのそばにあった。初めてバッハを聞いたときは体外離脱を体験した。たしか十歳のときだった。わたしは居間のソファに坐っている自分を見たのを覚えている。そして聞き耳を立てていたのを。それを変だとは思わなかった。

それとは別のときに体外離脱を経験したことは？

あるけど音楽がきっかけじゃなかった。そのときの経験はわたしを変えた。まるで鍵が回ったみたいだった。それは肉体的な経験だった。わたしはもう前とは同じ人間じゃなくなった。

きっかけは音楽じゃないとしたらなんだったのかな。

雀蜂に刺されて台所に駆けこんだらエレン祖母ちゃんが近づいてきてわたしの上に屈みこんだ。わたしは床の上に倒れていてその姿を自分で見おろしていたの。自分は死ぬんじゃないかと思ったけどそれは漠然とした考えだった。祖母ちゃんが氷をタオルで包んで顔にあてておいてくれてしばらくしてわたしは身体を起こした。

芸術の生の素材は痛みだと誰かが言っているけどそれは音楽でも同じだろうか。

わからない。わたしは作曲をしたことがないから。でも本当かもしれないとは思う。

数学はどう？

数学は汗と努力の結果にすぎない。もっとロマン溢れるものならいいのにと思うけど。そうじゃない。最悪のときはああじゃないかこうじゃないかと声が聞こえる。ついていくのが難しい。眠る気になれないうちに二日がたつけどお気の毒さま。一つ決断をしなくちゃいけなくてその次にはまた二つの決断が待っていてそれから四つ八つと続く。無理やり自分にストップをかけて後戻りする。そこからまたやり直し。求めているのは美しさじゃなくて単純さ。美はあとから来る。こちらの精神がボロボロになったあとで。

そんな苦労をする価値はある？

ほかの何にも代えられない。

数学をやるのに不可欠な能力はなんだと思う？

信じる力。

生き生きしてきたね。

まあね。あなたにはめられたのよ。

きみは音楽とは違うはずだと思っているんだよね。数学は。

バッハみたいな作曲家を導く音楽の規則は……じゃないな。バッハみたいな作曲家なんていない。

バッハしかいない。でもとりあえずそのことを脇へ置くとその規則は素人でも学べる。学習できるものとしてそこにある。違うかな。最初の音符が書かれる前から音楽はそこにある。そうじゃない？

それはプラトン主義の音楽観のように聞こえる。ぼくには。

そう。少なくともその程度にはひどいものね。ショーペンハウアーは宇宙が消滅しても音楽だけは残ると考えた。規則こそが音楽。規則がなければ雑音があるだけ。音がはずれるとわたしたちはウッと身をすくめる。人は音楽を聞いて微笑んだり泣いたり行進をして戦争に行ったりする。そういうことをどれか一つでも説明できる？　人が踊ってるかどうかはどうしてわかる？　音楽と調子をはずして踊っていたらそれは踊っているの？

　わからない。

そうよね。でもこの一連の規則は——わたしは規範《ロー》、音楽の規範と呼びたいけど——自己充足的で完全なものよ。それらは知られているしもうそれ以上知られることはない。それは数学にもあてはまるか？　数学の大統一理論というようなものはあるだろうか？　ヒルベルトの第二問題は解決するか？　カントールの夢は実現するのか？　どうも怪しい感じがする。ラングランズ・プログラムが提唱されたけどそれでもね。それでも数学とは何かを表わす一つの説明があるはずじゃない？　現時点でどういうものであるかと将来どういうものになるかの両方を表わす説明が。わたしは数学をやりたかった。でも数学とは何かということも理解したかった。だけど理解できそうにない。問題のフレーミングすらできないと思う。

きみが数学とは何かを理解できそうにないと言うのを聞くのは意外な気がするね。ほとんどの数学者がそのことに関心を持っているんだろうか。それともそれぞれ個別の課題に取り組んでいるだけなのかな。

ほとんどの人は一時的に関心を持つだけね。せいぜいのところ。

数学は主に勤勉な労働だときみは言った。でも何をどうやるのかまだよくわからない。

なるほど。まずやるべきことは靴と靴下を脱ぐこと。ベース・テンまでのパラレル・アクセスを確保すること。

ぼくが信じないとなぜわかるの。

信じちゃいけないとなぜわかるの。どういうわけか無意識のほうが明らかにわたしたちより数学が得意なのよね。どう数学をやるかなの。どういうわけか無意識のほうが明らかにわたしたちより数学が得意なのよね。ある問題に取り組んでるときしばらくその問題を措いておくことがある。でもその問題はどこにも行きはしない。お昼を食べているときに再び現われることがある。あるいはシャワーを浴びているときに。その問題はこう言う。ちょっと見てごらん。どう思う？　ふと気づくとシャワーが冷たくなっている。スープが冷めている。数学をやるってこういうこと？　どうもそうらしいのね。どうやったのか。わたしたちにはわからない。何人かの一流の数学者に質問してみたことがあるの。無意識はどうやって数学をするか？　それについて考えたことがある人もいればない人もいた。ほとんどの人は無意識がわたしたちと同じやり方でやることはありそうにないと考えてるようだった。驚いたのは無意識が数学をやると聞いてもみんな全然平気なことだった。数学の本質そのものが問い直されることなのに。何人かはもしそれが数学のうまいやり方なのだったら無意識がわたしたちに教えてくれてもよさそうなものだと考えた。まあそうかもしれない。でもひょっとしたらわたしたちの頭があまりよくないから教えても無駄だと思ってたりしてね。

しかし無意識がどうやって数学をやるのかよくわからないな。

誰にもわかってないのよ。数学をやるというのは主にデータをサブステーションに食わせて何か出てくるか待つことだという明確な感覚が得られるときもある。処理を記憶に委ねるのがそんなに賢明なことなのかの確信も持てない。記録したものは固定される。ある意味で無意識はそれをしないよう策を巡らしているように見える。わたしは本当をいうと思考を書き留めたくない。それはいいことか？　わからない。グロテンディークは全部書くのね。ウィッテンは何も書かない。でも思うにほとんどの数学者にとってアイデアたちを記録しないでおくことは彼らに周囲を見回して新しいアナロジーを自由に探させることなの。アイデアたちは自分たちの仕事をしながらときどき戻ってきてこちらに報告をする。書き留めた言葉は――あるいは数式は――一種の標識。途中駅なの。それは今こちらのいる場所がどこかを教えてくれこれから出発すべき新しい場所を与えてくれる。ディラックは図を描く。彼が光子のレベルの粒子を図で表わせると信じてるとは思わないけどもともとが工学者でその経歴が身に染みついてるの。おかしなものが役に立つことがあるのよ。計算盤《アバカス》が上手な人は想像上の計算盤を使ってすごい計算をやってのけたりする。

それは本当？

嘘。わたしが作った話。ああしらける。

申し訳ない。無意識というものをそこまで自律的なものとする説明は今までに聞いたことがあるかどうかわからないんだが。

うーん。無意識はずいぶん前から自律性があるものと考えられてきてるのよ。もちろんそれは感覚器官を通じてだけ世界に到達できる。それができなければ闇のなかで働きつづけるだけ。肝臓のようにね。歴史的な理由から無意識はこちらに話しかけてくるのを嫌がる。それよりドラマやメタファーや映像を好む。でも無意識はこちらをとてもよく理解している。そしてこちらの行動目標以外に目標を持ってない。

われわれは無意識と具体的に共同作業をしているわけ？　それは相互的なものなのかな。

いや。それは言い過ぎ。

こちらから無視するのは自由？

そうよ。無視したいならね。言ってみれば手動制御に切り替えるわけ。もちろんそれがいつもいい考えとは限らないけど。

その話題でほかのセラピストと話したことは？

あんまりない。みんなけっこうすぐに退屈するから。

どういうことを言う？　あまり退屈しない人は。

ほとんど何も。メモをとったりして。そのことかどうか知らないけど何か書いてる。それでまあわたしが話題を変えたりする。

今も変えようとしているね。

いや。今はまだ続けてもいい。

きみの精神科医に対するわだかまりには長い歴史があるんだろうね。

そう言っていいわね。

一番の不満はなんだろうか。

なんだろう。想像力の欠如かな。患者を分類するためのカテゴリーについて勘違いをしてる。病名がわかれば治療法もわかるというような。選んだ治療法に最低限の効果があるという証拠がないときにもそのことを無視してしまう。その点を除けばまあまあいい。

ちょっと安心したよ。

とにかくあなた方は自分たちでこぢんまりとした居心地のいい小屋のような零細業界を作った。手がけるものは現実であるらしいけどそのこと自体がかなり可笑しい。それでもたぶんあなた方のなす害は微々たるものよ。患者たちの衣食住の面倒を見てあげてるのならそれは有意義な仕事ね。

〈キッド〉だけど。彼はきみに影響を与えようとしているの？　ああしろこうしろと言うかい？　このことは前にも訊いたけどまだはっきりしないんだ。

改めてお返事しなくちゃね。

え？

別の返事を考えないとね。こうしたらどうかという助言はくれたことがあると思う。ときどき。影響を与えるということで言うならほかに彼が現われる理由があるのかしら。

ある声が人を自殺に追いやることはあると思う？

〈キッド〉がさりげなくわたしを崖っぷちまで追いやってきたと思ってるのね？

いやただの一般的な質問。

幻聴の症状が出ると患者はその声とのあいだにある明確な関係を持つようになる。でもほとんどの自殺者に声は必要ない。考えなくちゃいけないのは動物界では自殺と知性のあいだに相関関係があることでそれは種のあいだだけじゃなく個体間にもあてはまると考えていいかもしれない。わたしはそう考えてる。

自殺者には何か共通点があると思う？　心の持ち方の共通点は。

あるわね。みんなここが好きじゃないのよ。

ふうむ。

わたし減らず口を言ってるの。今あまりご機嫌じゃないから。もう気づいてると思うけど。

今日はここまでにしたい？

大丈夫。

わかった。

仮に世界が自分の作ったものならそれ自身で自律的なものとして世界を語るのは胡乱なことだと思う。世界とは知覚によって認識されたものであり、そのように捉えた世界がそれ自身の命を持つというのはどういう意味かよくわからない。それ自身の命は持ってないとわたしは言いたい。持ってるのはあなたの命だと。それからまたそれも持ってないと。

きみは今のことを前にも言ったことがあるね。

たぶんね。

ほかのカウンセラーたちに。

そう。

ほかの人たちはどんな反応をした？

反応はしなかった。

きみはどうした？

どうしたかな。ときどき笑いだしたりした。

だけどきみはまじめに話したんだろう。

ええ。

彼らはそういうとき何をする？

何をするかはわかるでしょ。

メモをとる。

そう。

どんなメモを。

さあ。患者はおそらく破瓜《はか》病とかかな。とにかくそういうことへのわたしの関心度はさがったの。

彼らのことをまじめに受けとめる気になれなくなった。

何が関心度をさげたんだろう。

もっと関心度の高いことが。

そういう返事をどれくらいまじめに受けとめていいかわからない。

でしょうね。

向精神薬の服用とともに彼らの降臨は止まったんだね。

降臨。

そう。

宗教的な経験みたい。

すまない。

薬には世界を再構築して客観的現実のようなものにできる力があるというのは客観的現実それ自体

と同じくらい有効性に乏しい主張よ。その当時わたしが言ったのは薬物投与をされてない状態よりされてる状態のほうをより信用する理由がないということだったと思う。

もう一度薬物治療を受けようという気はないいんだね。

それは前にも訊いたでしょ。

わかった。〈キッド〉がいるとき部屋に誰か入ってきたらその誰かには彼が見える？

それも前に訊いた。たぶん見えない。

絶対に見えないいじゃなく。

わからない。

その誰かがぼくたちと同じように現実という薬物の影響下にあるなら見えないだろうね。

と思う。

休憩したい？

そうね。煙草とか？

いいよ。

煙草は持ち歩かないのね。

うん。

保管場所は机の一番下の引き出し。誰かに持っていかれないように？

今までのところは無事だ。

ありがとう。灰皿は持ってきてくれた？

ああ。一式部屋へ持っていってもいいよ。

いいの。そんなに吸わないから。

吸うとリラックスできる?

どうかな。悪ぶれるのがいいのかも。

本当に?

本当に。

初めて煙草を吸ったのは何歳のとき?

三歳のとき。

それは嘘だな。

嘘。でもそれほど違わない。コーヒーテーブルに置いてあった伯父の煙草を一本盗んで台所のマッチを一本とって外の燻製小屋へ行って火をつけた。たぶん六歳だったと思う。

気持ち悪くなった?

覚えてるのは頭がクラクラッとしたこと。それでも大人がやってるんだから何か理由があるはずだと思った。

その見方はあまり長く続かなかったんじゃないかな。

ほとんどの子供は自分がいつか大人になるって事実を真剣に考えないと思うのね。大人になったら自分はこんなふうに見えるだろうとかも。

きみは考えた?

ええ。

それで。

そこから逃れられないと思った。

自殺が一つの選択肢かもしれないと最初に考えたのはいつ。

真剣に考えたとき?

真剣に考えたとき。

もしかしたらその意味がよくわかってないかもしれない。もっと前——十歳とか十一歳のときだと——眼を醒ましたまま夢を見ることがあってそれが怖かった。少しあとになるとそれが起きてるのでも夢を見てるのでもないことに気づいた。それはもっと別のものだった。わたしには自分が見たものは実在しないしその領域がわたしたちにとって未知のものだとしてもその怖さは減ることがなくて逆に増えるんだと信じる理由がなかった。

それはどんな夢? 夢か幻視か何かはともかく。

覗き穴みたいなものを覗いたらその向こうの世界に門があってそこに門番が何人か立っていてその門の向こうに何か恐ろしいものがいるのがわかったのそれがわたしに対して力を及ぼすことができることも。

何か恐ろしいもの。

そう。ある存在。存在感があるもの。そして避難場所を探したりわたしたちのあいだの契約を探したりするのはわたしたちが無限の恐怖を抱きながらもそれについて何も知らないこの悪意ある存在を避けるためだけだということもわかった。

きみは何歳だったって?

十歳。十歳だと思う。

その後その幻視を見たことはある?

ない。ほかには何も見えなかった。門番たちがわたしを見て互いに何か身振りをしてそこで真っ暗になってそれ以後二度と見なかった。わたしはそれを〈支配者装置《アルカトロン》〉(原語は the Archatron で作者の造語)と呼んだ。

門の向こうにいた存在を。

門の向こうにいた存在を。

それは隠されていたと。

そう。

そして何も変わらなかったと。

何も変わらなかった。わたしはこれが夢ならいいそしたら眼を醒ませるからと思った。あの幻視を忘れられたらいいのにと思ったけど忘れられなかった。あれを見る前の自分に戻れたらどんなにいいかと思ったけど戻ることは二度とない。

ほかには？

それだけ。自殺という行為がいつだってあることは誰でも知ってる。そんなに多くの人がそれを選ぶわけじゃない。ニーチェはそれによって多くの辛い夜を乗り切ることができると言ってる。自殺を思うことだけで。でもそれは少数者の話。普通の人たちは命にものすごく執着してる。

でもみんながそうとは限らないと。

そう。

針路《タック》を変えさせてくれないか。

帆桁《ブーム》に気をつけて。

〈キッド〉とその仲間たちはきみに割り当てられた人たちという感覚を持ったことはないかな。

割り当てられた。

そう。

誰に。

と言われるとあれだけど。そういう状況からは彼らにはほかにも顧客がいるんじゃないかという疑問が生じるような気がするんだが。

ほかの顧客がいないか捜すしかないわね。新聞に個人広告でも出して。

もしかしたら〈キッド〉のような特徴のはっきりした人物は顧客リストみたいなものを持っていそうな気がするだけかもしれない。まだよくわからないのはきみが彼をどう捉えているかだ。そういう心象を組み立てるために脳はかなりのエネルギーを費やすに違いない。もちろんそれを長年にわたって維持する必要もある。そんな出費に見合う何があるんだと思う?

わからない。とにかくくそ厄介なことよね。

まあそうだね。そんな感じ。

あなたとこういう会話をするとき——というかどんな会話でもだと思うけど——わたしはあなたの視点に対してだけじゃなくあなたの立ち位置から見た世界の現在の形に対しても一連の譲歩をしなくちゃいけない。それはできる。でも問題はあなたにとってこれは絶対に視点の問題にはならないことなの。あなたはすごく奇妙な事柄をまずまず普通のやり方で論じることに決して当惑しない。ただ世間知らずな態度を持ちこんでいるだけかもしれないけど。たとえばあなたはこう言うかもしれない。それできみはほかのどんなやり方で彼らのことを論じる? でもテーマが〈妄想存在《キメラ》〉であるときにはすでに土台がぐらついていないだろうか。わたしは早い段階から〈キッド〉は何かを提示するためじゃなく何かを食い止めるために現われるんじゃないかと思っていた。そしてとりあえず問題全体はそれ自身が論じ得ないままでいるただ一つの現実の範疇のもとに包摂されている。わたしは夜自分の部屋で眼が醒めると横になったまま静寂に耳を澄ました。彼らはどこにいるのかとあなたは訊く。彼らがどこにいるのかわたしは知らない。でも彼らはどこでもない場所《ノーウェア》にいるんじゃない。どこでもない場所は無と同じでその存在確認のために必要な証人を当然のことながら出すことができない。あなたはあいう〈妄想存在〉にそれ自身の意志があることを認めたがらないだろうけどもし彼らが何か自律性のようなものを持っていないのならどういう意味で彼らは存在していると言えるのかしら。わたしには彼らを呼び出す力も追い払う力もない。わたしは彼らの代弁をしないし衛生管理や衣服の世話をするわけでもない。わたしは彼らを生きた人間と区別できないと言ったけど本当のところ彼らの持つ現実らしさは生きた人間のそれより際立ってるの。〈キッド〉だけじゃなくて彼ら全員が。彼らの動きや話し方や色や衣装の襞。それには夢みたいなところが全然ない。こういうことを話してもなんの役にも立たないでしょ？　まあ人は狂人の話なんか聞かないから。何か滑稽なことでも言いださない限り。

ぼくはきみの話を聞いていると思う？

あなたが担当する典型的な狂人の話を？　それは前にも訊かれた。

前回きみはどう答えた？

これ消させて。

はいどうぞ。

ありがとう。あなたはまあまあよくやってる。今の質問に答えるなら。

彼が食い止めているものはなんだろう。

〈キッド〉？

そう。

それへの単純な答えはないと思う。世界それ自体が恐ろしいものならそれを直すことはできなくて身を守るためにできることはそれを直視しないようにすることとしかない。

それが役に立つだろうか。どうも理解できないね。

ごめんなさい。でもほんとにわたしにはそれしか言えない。眼が醒めるときみには彼らがどこかにいるのがわかる。例の存在たちがいるのが。でもきみの説明はちょっと哲学的なようだ。仮にあれが説明だとしてだが。

わかってる。それなら〈妄想存在〉は休みの日に何をしているのかという問いを立てればいい。

ああ。そうだね。バークリーは今でもきみの人生の一部かな。

わたしの人生のなかのすべてが今でもわたしの人生の一部よ。わたしには何かを忘れるなんて贅沢はできない。人や物は消えてなくなってしまうものだと知ったのはたぶん八歳か九歳のときだった。人が何かを思い出せないと言うのはそのことを話したくないという意味だと思ったものよ。今住んでる場所では人や物は消えてなくならない。起こったことすべてがおおむねまだここにあるの。

それは程度の問題じゃないかな。われわれはみんな記憶の集成という面が強いから。

そうね。これは不確かな事柄よ。わたしが出来事の記憶を信頼してるのは主に自分に高い記憶能力がある証拠を持ってるからだと思う。ほかの人たちも同じかしら。詩句はそれ自身の実体だけは持っているけど歴史的な出来事は――個人的な歴史も含めて――実体をまったく持たない。歴史的事実の実体は痕跡を残さず消えてしまっている。わたしの経験から言うと記憶力の弱い人たちは誰よりも強く自分の記憶が正しいと言おうとするのね。

きみの世界は今では相当込み合っているだろうね。

込み合ってる。すべてを歓迎してるわけじゃない。何を迎え入れるかについては慎重になる必要がある。でもわたしはそれを変えようとは思わない。わたしはプラトンから絶対に逃げられない。あるいはカントからも。わたしはヴィトゲンシュタインを同時代的な存在だとみなしてる。研究者仲間だと。フッサールには恋をした。彼は数学者だったからわたしは信頼してる。フライブルク大学の教授として若い研究者だったマルティン・ハイデガーを受け入れて指導し庇護者になったけどその後ナチスが政権をとってフッサールを大学から追放するとなったときハイデガーはそうだそれが正しいと言った。フッサールは研究室を引き払って自宅にこもりそこで泣き暮らして死んだけどハイデガーは師の後釜にすわった。ということでわたしたちに残された問題は哲学探究の基盤に人間的な高潔さがなくてもいいのなら哲学の目的とは何なのかということになると思う。ヴィトゲンシュタインは一生のあいだ自分の魂の状態のことで苦悶した。その種の問題はハイデガーの頭には一度も浮かばなかったみたい。どうしてわたしがカウンセラーみたいなこと言ってるのかな。

わからない。きみは優秀なカウンセラーになったかもしれないね。

たぶんそれはない。わたしならあなたの退屈な昼の生活のことなんか聞きたくないからさっさと夢の話に入ってとか言うと思う。

そうしようか。

夢の話に入るの?

どうだろう。

われわれはもっと夢について語り合うべきだった?

われわれの対話はまだ終わっていない。

まあそうね。でもこのあばずれ小娘は狡猾だから。二言目には嘘をついてるはずよ。偽りの《devious》と異常な《deviant》は言語学的に繋がりがあるのかな。昼食は何時から?

正午からだと思う。ちょっと訊きたいんだが。例の男性が相手にしてくれないのならなぜ人生の次のステップに進まなかったのかな。そのときみは何歳だっけ。十二歳?

そう。十二歳のあばずれ。

まさかそんな。

ただ欲情していたと言いたかっただけ。

きみは性的に活発だった？

いいや。もちろんそれはない。でも何か自分のことで自分自身が受け入れてなかったことがあった。

眠りから自分を引き離すにはいくらか混乱を起こすような経験が必要になるのね。

つまりそういう経験があったということだろうね。

あった。

そのことは話してもらえるんだろうか。

つまらないことに聞こえるけどな。

かまわない。

学校の休憩時間に廊下で起きたことだった。

ハイスクールの。

そう。上級生の男子生徒がわたしを呼びとめてちょっと向こうを向いてと言ったの。バスケットボール部のキャプテンで学校で一番かっこいい男子と言われることが多い生徒だった。その子は紙とボールペンを持っていて人差し指をくるくる回しながらきみの背中貸してくれないと言った。女の子が一人その男子のそばに立って見ているなかわたしがまた前を向くとその男子はわたしの背中に紙をあてて何か書いた。何を書いたかはわからなかった。ただサインしただけかもしれない。わからないの。その男子には何か考えがあったんだと思うけど。だってただ字を書くためだけなら壁に紙をあてればいいんだから。でなきゃロッカーの扉にでも。でもとにかくわたしは背中を向けてその男子はわたしの背中で字を書いてそのあいだわたしは目をつぶっていた。ものすごく官能的だった。最初はただ背中を指先で撫でられたときのぞくっとする感じだと思ったけど。それ以上のものだった。わたしは彼がわたしに向かって何かを書いていると感じた。女の子がわたしを見つめているのを感じた。その女の子は急に好奇心を募らせたみたい。その子はたぶん十六歳だった。男子は書き終えるとありがとうと言ってわたしが目を開けたときにはもう二人とも廊下を向こうのほうへ歩きだしていた。

それでお終い？

それでお終い。そう。

今のはなんの話なのかよくわからないんだが。

でしょうね。

官能的だったと言ったけど。

ええ。

性的な感覚だった？

そう。とても。

そこできみが気づいたことは？

わたしが気づいたのは自分が絶望的に恋をしていてそれもしばらく前からそうだったということ。そして自分の人生がすでに決定されていたこと。わたしの見ていないあいだにと言うのかな。そう珍しいことじゃないけど。

それで決まってしまったと。

それで決まってしまった。

きみは十二歳だった。

そう。

でも相手が誰かは教えてくれないと。

ええ。

それが愛だとどうしてわかる？　疑って悪いけど。

わからないはずがある？　わたしは彼といっしょにいるときだけ心が安らいだ。安らぐという言葉が適切ならだけど。わたしには自分が彼を永遠に愛するだろうということがわかった。神の法がどうあろうと。ほかの誰も愛さないだろうということもわかった。

そしてそのとおりになった。

ええ。そうなった。

でも彼はきみを愛さなかった。

いやとても愛していた。

ふうむ。わからない。

でしょうね。

きっと年の差のせいだね。思いつくのはそれくらいしかない。

それが問題だと思ったことは一度もない。そのほうが彼にとって安心なら一年待てばいい。あるいは二年でも。

二年後でも同意年齢に満たないね。

翌年の夏は二人でよく過ごした。その次の夏も。

きみは十三歳だ。

その頃には十四歳になっていた。もし彼に身体も心も与えると申し出たら彼はなんの留保もなく受けとってくれると思った。でも彼はそうしてくれなかった。

そうか。

じゃここからどこへ行けばいいのか。自分がどうなればいいと願うのか。

第二の選択肢みたいなものはあり得ないんだろうね。

死を提案するのなら別だけど。

そんなことはしない。

あなたがこのケースを幼い恋心として片づけるのは難しいかもしれないと認めたがってないことは知ってる。わたしはいつも特典や免除を求めてきた。ときには単にそれが欲しいことを説明する相手が見つからないという理由で手に入らないものもあった。でもあるものが手に入らないせいで過去か未来のどちらかを捨てざるを得なくなるのは難しい以上のものだった。だからあなたにどこから再開するのかを尋ねたいの。あなたの提案どおりにするか。それともどうするのか。あるいはもっと大事な点を言うならなぜ再開するのか。

大多数の人は失望を処理する方法をなんとか見つけるわけだけどきみはそういうことをちょっと考えてみたりしないのかな。

しない。

それがきみの求める免除なわけだ。

そう。

この会話はかなり変な方向に向かいはじめているね。

わかってる。失望した憧れは成就した憧れが夢見ることしかできない遺産を持つの。

神の法のことだけど。詳しく話してみてくれるかい。

嫌。

わかった。お父さんの話をしてもいいかな。もう一度。

あなたがそうしたいのなら。

でもそう乗り気じゃないと。

大丈夫。進めて。

きみはお父さんに責任があるとは考えていないと言ったね。

そうは考えてない。何がどうあろうと。歴史が科学者たちをその責任もろとも呑みこむはず。でも爆弾は永遠よ。

トリニティ実験場はどこにあったっけ。ネヴァダ州？

ニューメキシコ州。

お父さんもそこにいた？

ええ。もちろん。

お父さんはそのことを話した？

あんまり。わたしは基本的な事実を本で知った。父のグループは爆心地からおよそ六マイルのところにいた。特別に色の濃いサングラスを渡された。溶接用のゴーグルみたいなやつだと思う。でも父は政府支給のものだとよく見えないかもしれないと思って自前のを用意していったの。たぶんこのことをメタファーとして読みとることはできる。でもサングラスは紫外線を遮断するだけのものだった。みんなはスピーカーから流れるカウントダウンに耳を傾けた。とても緊張していた。ほんとに爆発するのを恐れる人や爆発しないことを恐れる人。父が言ってたことで覚えてるのは最初に光が閃くときに両手をゴーグルにあてたら眼をつぶっていても指の骨が見えたということだった。音はなかった。

まぶしい真っ白な光だけだった。それから赤紫色の雲がむくむく立ちのぼってあのアイコン的な白いキノコになった。時代の象徴に。キノコ雲はゆっくりと一万フィートの高さまで立ちあがる。衝撃波が超音速で届いて一瞬両耳に痛みが起こる。もちろん最後に爆音が聞こえる。神を畏れぬようなすさまじい爆発のあと緩慢な低い唸りが続き燃える平原の上を後続の爆風が広がって一帯を太陽以外の場所では存在しなかった世界に変えた。砂漠の生物は声も立てずに蒸発しそれを見ている科学者たちのゴーグルの黒いレンズのなかではそのキノコ雲の双子が立ちあがっていた。ゴーグルにあてた手の指越しにそれを見ていたわたしの父は見ざる言わざる聞かざるの三猿みたいだった。でも科学者たちはみなほかの何を知らなかったにせよ見ざる言わざる聞かざるをきめこんでももう遅いことだけは知っていた。

彼らはなんと言ったのかな。科学者たちは。

全員立ちあがってどひゃあ《ホーリー・シット》と叫んだ。

いやそれはない。

何も言わなかったと思う。ただただ唖然としていた。父の友達の一人で原爆実験の指揮をしたベインブリッジという物理学者はわれわれは今やみんなくそ野郎になったと言った。オッペンハイマーはヒンズー聖典の詩『バガヴァッド・ギーター』を引用したとされているけど(その引用句は〝今われは死となり、世界の破壊者となった〟)たしかサンスクリット語では〝時〟を表わす言葉が〝死〟を表わすかその逆かだったと思う。もしかしたら〝死〟と〝時〟は同じものかもしれない。

ぼくはわれわれの時代を代表するイメージはＮＡＳＡが宇宙から撮影した地球の写真だと考えるほうなんだ。虚空のなかで回転しているあの美しい青い球体だと。

二つを並べてみると興味深いわね。

きみは地球の写真を感動的だと思わないの。

怖いと思う。虚空はこの世界で存在しつづけているものに関心を持たない。それに無数の隕石を擁してもいる。隕石のなかには巨大なものもある。秒速四十マイルで闇を横切る。何か打つ手があるのならとっくの昔にその手は打たれてるはずね。友達の一人があるときこう言ったの。わたしたちが存在したことの痕跡が全部消えてしまったらそれは誰にとっての悲劇になるのかって。これは巻き戻して再生してみるのそれともただ保存するだけ？

このテープ？

このテープ。そう。

ときどき聞き返すよ。かまわないかな。

もちろん。

きみのお父さんね。後悔を口にしたことはなかった？　後悔に似たようなことでもいいけど。

なかった。そういう発言をした科学者は何人もいた。彼らは考え直したの。父はそれならもっと早くそう考えるべきだったと言った。最初からそう考えるべきだったって。

それで何か違いができるんだろうか。

できない。それが父の言いたいことだった。どう考えようと何も変わらなかっただろうということが。核爆弾を実戦配備するかどうかについて科学者たちにも意見を言わせろという運動が初期の頃に起きたことがあったけど父はそれは世間知らずな考え方だと言った。核爆弾はその費用を支払った人たちのものであって断じて科学者たちのものじゃないと。人々はわれわれ科学者の給料も払った。われわれも安く買われたんだ。泣き言を言うのはやめろと父は言った。

ご両親はどちらも癌で亡くなったんだね。

ええ。Y-一二での仕事が特別に危険だったとは思わない――祖母はそれで母が死んだと信じて疑わなかったけど。それに対して父の南太平洋での仕事はたぶん自殺的だった。もちろん放射線のことは当時はそれほどよく理解されてなかった。そこに教訓を見出す人もいるでしょうね。

きみはそうじゃないようだね。お父さんはタホー湖を見おろす小屋で亡くなったときみは言った。

いやそこに住んでいたと言ったの。とても美しいところだった。岩の岬みたいな場所があってそこに立つと二十マイルほど向こうに湖が見えた。でも死んだ場所はそこじゃない。メキシコのファレスで死んだのよ。

メキシコで亡くなったと。

そう。

メキシコで何をしていたのかな。

癌の治療をしに行ったの。

メキシコのファレスに？

ええ。杏の種から抽出したレアトリルという制癌剤が第三世界の病院で使われていたの。たしかビタミンB17と呼んでいたと思うけど。藁にもすがる思いの癌患者が大勢そういう病院に押し寄せて。そのなかには金持ちの患者もけっこういた。

インチキ医者にかかるためにメキシコまで出かけていったと。

そういうこと。

変な気がしなかったかい？

もちろんした。でも父はほかの治療法を全部試し尽くしてしまっていたから。それほど希望を持っていたわけじゃないと思う。確率を考えるとゼロという答えはどうしても出ないわけで。それでメキシコへ行ったの。父の判断に欠点があるとすればそれは父が知識を豊富に持っていて杏の治癒力をあまり信じられないということだった。レアトリルが効く可能性は父が杏を信じられる場合にだけあったから。

プラセボ効果で。

そう。

そしてメキシコで亡くなった。

ええ。

埋葬されたのは？

メキシコのどこか。父は兄にいっしょに行ってくれるよう頼んだけど兄は行かなかった。父は一人で行って一人で死んでメキシコのどこかに埋葬されたけどわたしたちはそれがどこか知らない。

大丈夫？

大丈夫。ちょっと休憩させて。


大丈夫？

大丈夫。

お兄さんはどうしていっしょに行かなかったの。

自分が付き添うと父が間抜けに見えると思ったから。

きみはお兄さんが行ったほうがよかったと思った？

ええ。兄もそう思った。思ったときは遅すぎたけど。

お父さんは無神論者だった？

変な質問ね。あなたはどうなの。

ときどき。でお父さんは？

知らないけど。たぶんそうだったかな。父は信仰を人格の一部だと考えていたと思う。神を信じること――あるいは信じないこと――それを意識的な決断だとは思っていなかったでしょうね。人は信仰者であるか無信仰者であるかのどちらかだと。父はきっと自分はまだ死ぬほどの年じゃないと思っていたはずだけど無神論者が死の問題をどう処理するのかはわたしにはよくわからない。

それはきみも含めての話？

独特の答えを聞くことになるけど。そんなことに意味がある？

受けとれるものを受けとるつもりだ。

生命とは何かがわからないとしたら――実際わからないわけだけど――それがない状態をどう捉えたらいいのかよくわからない。人は自分の今いる場所を知ってると思ってるだろうけどそれは明らかにトンチンカンな思いこみ。そして死ぬのは難しいけど自分が今までどこにいたのかを知らないまま死ぬのはもっと難しい。あるいはなぜ自分がここにいたのかを知らないまま死ぬのは。うん。それはともかくあなたが理解しようとしてるのは世界を吹き飛ばすことに献身する人間はどういう思考をするのかという問題よね。

ぼくが理解しようとしているのはきみだ。お兄さんはお父さんといっしょにメキシコに行かなかったことを後悔したということだけど。

後悔というのはちょっと違う。兄の夢のなかにとうとう父が現われてそれで兄は父が見つからないかと思ってメキシコへ行ったの。

お父さんが亡くなったあとで。

そう。父が埋葬された場所がわからないか見に行った。

話題を変えてもいいよ。

今日はいい日じゃないかもしれないわね。でも大丈夫。続けて。

お兄さんはお墓を見つけた？

いいえ。

メキシコにはどれくらいいたのかな。

さあ。居所がつかめなかったから。ようやく見つけたときには……兄はものすごく苦しんでいた。

そのときはもうエルパソに戻っていて。レストランに誘ったんだけど兄は泣きやむことができなくて
店でも泣いていた。腕に手をかけてもその腕を引っこめてしまった。

なぜそんなことを。

込み入った事情があるの。

わかった。

病院は見つけたんだけど何も話してくれなかったらしい。有り金を全部使って役人たちを買収しようとしたけど結果は出なかった。向こうに何週間もいたみたい。一泊三ドルのホテルで寝て。最後にいつ食事をしたのかもわからない。兄はまるで幽霊みたいだった。

それはエルパソでの話。

ええ。ガードナー・ホテルにいたときやっと電話をくれた。兄はもう一つ夢を見たの。ただし兄はそれを夢とは呼ばなかった。兄が言うには父が夜やってきて死装束でベッドの裾に立って兄がどこに

いるのかと訊いたけど父にはわからなかった。父は自分のいる場所がわからなかった。兄はこのことを泣きながらわたしに話してから電話を切ったけどわたしは兄が自殺するつもりだと思った。

お兄さんにはお父さんの埋葬場所が結局わからずじまいだったんだね。

ええ。

今のことはお兄さんと同じようにきみにとっても辛いことだった？

辛いどころじゃなかった。今もそれが続いている。でもわたしは父の手助けを拒んだわけじゃない。頼まれなかっただけ。わたしは主にボビーのことが心配だった。とても酷い状態だった。

自殺するかもしれないと本当に思ったんだね。

ええ。ホテルへ行ったら何を見ることになるかわからないと思った。

もし自殺していたら。

どうだろう。たぶん自分もできるだけ早く自殺して兄を捜そうとすると思う。

それは冗談だね。

じゃないつもり。

死後の生を信じている？

現在の生は信じてない。

死後の生は。

見当もつかない。きわめてありそうにない気がする。でもこれだって確率はゼロじゃない。

きみがステラ・マリスに戻ってきた理由についてはまだ話題にしたことがなかったね。

ほかに行く場所がなかったから。

なんらかの助けを求めるために来たんじゃないというのは信じるのが難しいんだが。

それならそれでいい。

この話題には限界があるんだね。森を散歩する自由を危うくしたくないとか？　笑ってるね。

ごめんなさい。

いやいいさ。ぼくのきみに対する関心がどんなものであれきみを生かしつづけることがリストの頭に来るべきだからね。

ほかに質問は？

ボビーはその後またメキシコへ行ったのかな。

行ってない。

お父さんがまたやってきたということは？　やってきたというのがお兄さんの言い方だったね？

いや来なかった。

これは前にも訊いたけどきみはお父さんとは仲がよかった？

いや。でも父のことは愛していた。昔も今も。

あともう何分かある。自分のことで風変わりなところを教えてほしい。

風変わりなところ。

そう。

風変わりなところを教えろとわたしに言ってるの。

うん。ぼくが知らなそうなことを。些細なことでもいい。

わかった。

で？

今考え中。

わかった。

逆向きでも時刻がわかる。

どういう意味？

鏡に映った時計を見て時刻がわかる。

それはぼくにもわかる。

そんなことない。ちょっと時間をかけて答えを出すはず。

きみはそれをしないと。

それをしない。

練習したわけだ。

ただ考えただけよ。

どう考えた？

最初はひっくり返しただけ。視覚的に。ページをめくるみたいに。

頭のなかで。あ、ごめん。

しばらくするとひっくり返す必要がなくなった。ぱっと見えた。

ほかには。

ほかには？

なんだろう。時計のことでほかに何かある？

鏡のなかでは時計の3や9は位置が変わるけど6と12は変わらない。子供向けの問題だけど大人のなかにも理解できない人がいる。複数の棒を宙に放りあげて写真を撮ると垂直の棒より水平の棒のほうがずっと多く写る。なぜか。棒はどの方向にも同じ自由度を持っているのに。

わからないな。

垂直方向に回転する棒は途中で水平になるときがある。その瞬間は水平組のメンバーになる。二度。でも水平方向に回転する水平の棒は垂直の棒になることはない。そんなふうに偏るのは変だと思うでしょ？　閉じていくガラスドアに写った像は回転運動をするのに曲がらない。光学。対称性。対掌性。色。至るところに問題が転がってる。

きみはなぜ物理学者じゃなくて数学者になったの。

数学のほうが難しいから。たぶんそう。主な理由はどんな物理的実在も結局のところ有限だからということね。

今のきみがこれまでで一番生き生きとしているかもしれない。

まあよく見ておいて。

バイオリンのことだけど。

ええ。

練習する時間を見つけられなかったと言ったね。

たぶん自分が上手だとは本当には思ってなかったのよ。正直なところ。一時期はバイオリンの数学に興味があった。ニュージャージーに住むカーリーン・ハッチンズという女の人と連絡を取り合ったことがあるんだけどその人はバイオリンの音響的特性を解析しようとしてたの。彼女は希少なクレモナのバイオリンを何挺もはんだごてで分解してた。物理学者と共同でバイオリンの板の振動をクラドニ図形で表わすための高度な装置を作ってた。でも周波数その他の音響特性は複雑で完全な解析ができなかった。わたしはその周波数パターンの数学モデルを作れると思ったの。

実際に作れた？

作れた。

どんなふうにしてできた？

カーリーンが良質のデータを持ってたの。現存する世界最古のバイオリンとされるものは一五六四年製作と言われているアマティでオックスフォード大学付属のアシュモリアン博物館にある。わたしたちが研究対象にした最古のバイオリンは一五八〇年のもので一番新しいものはたぶん一九六〇年代のドイツ製のもの。その二つはネックの角度を除けば同じなの。何も変わっていない。何一つ。

それはかなりすごいことに思えるね。

ええ。もっとすごいのはバイオリンには発達段階の楽器がないこと。いきなり完成形が現われたの。

きみはそこから何を考える？　理由もなしにそのことを持ち出したわけじゃないと思うが。

バイオリンの発明者も謎の人物たちの一人だなと思う。レオナルドがなぜあれだけ偉大だったかは説明できない。ニュートンも。シェイクスピアも。ほかにもそういう人物は無数にいる。まあ。無数は言い過ぎかな。でも彼らは少なくとも名前がわかってる。それに対して神がバイオリンを発明したとするのでないかぎりその発明者は永久に不明なわけ。一人の小柄な男が息子といっしょに小氷期にある十五世紀イタリアの発育を阻害された森に入っていき楓の木を切って製材し板を七年間乾燥させたあとのある朝工房に斜めに射しこんだ光のなかで立ち神に短い感謝の言葉を捧げると――これから作るものが完璧であることを知りつつ――道具を手にとり製作にとりかかった。さて始めるぞと言って。

遮ってすまないが。その人物はきみの心にとても近いようだね。

長々とごめんなさい。そう。とても近い。もう時間ね。

V

ひょっとしたら来ないかもしれないと思った。
職員がわたしの拘束衣を脱がすのに意外と手間取ったの。
今までに拘束衣を着せられたことは？
なかった。電気ショック療法のときを除いて。
時間に遅れたことは一度もなかったのに。
そうね。休んだことはあったけど。
そこに強い意志があるようだった。
時間厳守の？
そう。
それはある。
もろもろ大丈夫なのかな。
ええ。もちろん。
気持ちが不安定ではない？

ええ。どのみち眠るときは明かりをつけたままだし。ほとんどの場合。

なぜだろう。明かりをつけたままにしておくのは。

路上にいるもののせいかな。

何かやってくるものという意味？

その意味。

それは何度も繰り返される幻想？

なぜ幻想と決めつけるの。

闇のなかで何かが近づいてくると。

そう。

明かりをつけておけば安全だと思うわけだ。

あるいは彼らがわたしを見つけやすくなる。

それはまじめに言っているんじゃないね。

たぶん。

でも闇のなかにきみに害を加えようとしている何かがいるかもしれないとは思っていると。

ええ。あなたは思わない？

思わないなあ。

そう。人間は昔から闇を恐れてきた。あらゆる意味の闇を。昔は悪の勢力を意志のある存在だと考えていた。ところが今の時代になると一転して戦争や飢餓や疫病は偶然の出来事にすぎなくなった。

あなたはそう考えることで気が楽になる？

ぼくは迷信に支配された世界で生きたいとは特に思わない。いろんなことが改善されてきたと思う。

それどころかうんとよくなったと思っている。

科学のおかげで。

そう？　今の世界を一九〇〇年の世界よりよくしたもののうち科学とは関係ないものを一つ挙げてみて。

科学だけじゃないかもしれないけど。

ちょっと考えてみないと。

別にいいの。今のはわざと対決的な態度をとっただけだから。

前回きみは死に執着しているように見えたことを理由に自殺防止の監視を受けていたね。

誰が言ったのやら。

ドクター・ホロヴィッツがね。彼を警戒させるようなことが何かあったのかな。

あの人を不安な気持ちにさせたんじゃないかな。あの人が何を考えてるのかわたしにはよくわからない。あんまり愛想のいい人じゃないのね。ただじっとわたしを見てるだけのこともある。

きみの内心を推し量ろうとしているような感じで？

どうだろう。むしろ威圧しようとする感じかな。彼は威圧する必要なんてないことを理解していないの。わたしは考えてることを何でも話すのに。彼がそこにいてもあまり変わりはなかったのよ。あるいはいなくても。セラピストは患者こそが医者だと信じなくちゃいけない。患者自身に関する真実を内に擁しているのは患者だから。どう思う？

賛成だねたぶん。

わたしはドクター・ホロヴィッツに苛立たしい経験をさせたんだと思う。彼とは友達？

知り合いだ。よくは知らない。きみはあまり人との付き合いに時間を割いてこなかったようだね。

たとえばどういう人たちと?

そうだな。どういう人でもいいんだ。きみにとって大事な人とかね。お兄さんとはいっしょに時間を過ごしたのかな。

ええ。できるだけ。わたしには何が起きるか前からわかってたと思う。

人はそういうふうに考えることがあるね。ことが起きたあとで。どうしてそれがわかったと思う?

ただ単純にわかったのよ。あとで最初からわかってたふりをしたんじゃなくて。

でもお兄さんの話はしたくないんだね。

ええ。

きみは自分が人に対して正直だと思うかい?

あなたに対してという意味ね。

いいよ。じゃぼくに対して。

あなたは疑ってるわけね。

うーん。ぼくは事実関係を追うことよりきみが考えていることをわかろうとしているんだよね。

わたしにとってあなたはもう一人のホロヴィッツなのかしら。

そうは思わない。ぼくが疑っているのは主にきみが困ったことになっていてもそれを打ち明けてくれないんじゃないかということだ。

それはボビーがよく言ってたことよ。

彼の言うとおりだった?

そうね。

彼に心配させたくなかったわけだ。

心配させたくなかった。

きみは人がきみの手助けをしたがることに憤っている。

わたしは人がわたしを治したがることに憤ってるの。

お兄さんも治したがるんだろうか。

ときどきね。そうだと思う。これを言うのは辛いけど。

お兄さんはきみをヨーロッパに連れていくべきだったと思った？

でもどのみちわたしは行ったわけだけど。

知っている。しかし質問はそれじゃなかった。

わかってる。でも答えはそれなの。

そのことは話したくないんだね。

彼のことはね。

お兄さんはきみとペシミズムを共有していたんだろうか。

というわけでもない。もしかしたら兄はわたしを元気づけようとすることを自分の仕事の一部だと思ってたのかもしれない。どちらかと言うとわたしはいつも兄より形而上学に思い耽《ふけ》る傾向があった。実在はすべて感覚力を欠いているのか。わたしにはわからない。でも兄はその問題を空疎なものだと思っていた。

きみが言うのは世界そのものが何か意志のようなものを持っているかもしれないということ？

そのようなものをね。それは本当にいい知らせなんだろうか。愚鈍な生き物のすべてが苦しみと欠乏の風景のなかを歩いていくために存在させられて最後には永遠に消滅してしまうことがその意志のなせる業だということは。

でも答えは、あるいは解決は、まず同じではあり得ないね。

まずないでしょうね。

きみはどれくらい本を読んできた？

おやおや。

おやおや？

どれくらいだろう。そんなに多くない。

だいたいの数で。

一日二冊くらい。平均して。十年かそこらのあいだ。そうすると。何冊？　七千三百冊。それは多いか？　たぶんもう少し沢山読んでると思う。一万冊くらい。まあ一万冊としておく。ときには一日中読んでることもあった。十八時間とか、二十時間とか。

読んだ内容は全部覚えている？

覚えてる。でなきゃ読む意味がない。

〈キッド〉はきみが知っていることを知っているの？

いや。知ってるのなら話は簡単だけど。

彼はどういうことを話すんだろう。

大半がナンセンスなこと。かなり興味深い発言をはさんでくることもある。ときどきね。でもほとんどが分裂病的だと評していいかもしれないお喋りなの。駄洒落とか。韻を踏んだ無意味なフレーズを言ったり。そのどれもわたしの内面生活を反映してないのよ。訊かれる前に言っておくけど。でも彼の演芸会に付き合わされるのはほんとに疲れる。控えめに言ってもね。あれがわたしを変えたことは確か。周囲の現実がゆがむと自分自身もいくらかゆがまずにはいない。そのことを納得する頃にはもう何をするにも遅すぎる。でもどのみち遅すぎるのよね。たとえ何かできることがあったとしても。

実際にはないけれど。

それで彼は何を言うの。たとえば。

たとえば牛乳はすべての正しい思考をする夜の人々に選ばれてる飲み物だと言ったりする。もし何かが真実なら今頃はもうみんながそれを知ってるはずじゃないかとか。あるいは人はきみのことなんかそう頻繁に考えるわけじゃないんだから人からどう思われてるかなんて気にしちゃいけないとか。きみは気づいてないかもしれないけどぼくたちは光の生き物とは到底言えないとか。一番暗いときは嵐の直前だとか。きみが眼を閉じるとぼくは消えるかいとか。きみも消えるかいとか。

彼は消えた？

ええ。わたしも消えた。

今のが全般的な傾向？

全般的な傾向をつかんだのならあなたはわたしの先を行ってる。彼は科学の話をしたけどたいてい間違ったことを言った。引用するのも好きだったけどその引用も間違ってた。ときどき訛りがあるふりをしたけどものすごく下手くそだった。絶対に出典が実在しないとわかる引用をすることもあった。たとえば『湿りと怒り』という女性のセクシュアリティについての本があると称して何度か引用した。ほんとにあるかどうか調べてみて。それから近々上演する演目のことを話すこともあった。でもそれは舞台《いた》にかからなかった。古い言い方だけど。

演目。

そう。

どんな演目？

彼がプロデュースしたもの。ヴォードヴィルの演目。シャトーカ運動の野外演劇みたいなものよ。もちろん実際には演《や》らなかったけど。『彼はポキプシーのジプシー』みたいな歌とか。バーンファウル・フォリーズの『ウースターの雄鶏《ルースター》』とか。予告だけされて上演されない演《だ》し物。わたしがその話題を持ち出すと彼は鰭を振りながら行ったり来たりする。そういう高尚な演目は指を弾けば始まるといった具合にはいかないなんて言う。彼は指を弾こうとするんだけどもちろんそれはできないから鰭をぱたつかせるだけ。

ほかには。

たいしてない。とにかく意味不明なことを喋り散らした。そういう口上のなかに実のあるデータが暗号化されていると考えてみるのは楽しいけど長年聞いてきた経験から言ってチューリングにも解読できそうにないわね。初めの頃は実際にミンストレル・ショーを演ったの。わたしが十二歳のとき。彼らはそれを月経《メンストルアル》ショーと呼んだ。わたしの初潮に敬意を表してね。どれもこれも呆れ返る代物。わたしはたいていベッドに寝そべって数学の問題を解いていた。眼をあげるとみんなの姿が消えて彼だけ残っていることがあった。あいかわらず行ったり来たり。本棚の本を眺めてもっと読書するといいと勧めたりして。どれも無意味な話ばかり。可笑しいことを言うときもあった。たぶん本人には可笑しくなかったろうけど。彼が声を出して笑うところは間違いなく一度も見たことがなかった。わざとらしい大笑いの声は出すけど。あるとき彼にあなたは時間を無駄にしてると言ったことがあるの。わたしは戦士になりたい。霊的な人間じゃなくて肉体的な人間になりたい。わたしは根っからの古代ギリシャ・ローマ文化の信奉者で英雄とみなしてるのはキリスト教の聖人たちじゃなくて殺人者たちなんだと。そしたら彼はひどくまじめな顔をしてから絨毯に長期的に拠点を築いてる黴を激しく非難する演説を長々とやりはじめたの。

きみは彼をある種の守護者と見るようになりはしなかっただろうか？　これは変な質問だね。おそらく。

結局のところわたしは彼を自分のもとに残ったものとして見るようになったと思う。そう見たってあんまり心強くないわよね。うん。そう。心強くない。

彼のことを夢に見たことはある？

人造現実《エアザッツ・リアリティ》は勝手に夢に見られたことに文句を言うかどうかという興味から訊いてるの？

そういうようなことだけど。人造現実？

ほかの呼び方をしてくれてもいい。

不穏な夢を見ることはあるかい？

不穏じゃない夢なんてある？

それを見るの？

ええ。不穏な夢を見る。

それについて何か考えはあるかな。

もちろんある。この生意気な小娘はどんなことにも考えがある。それに意見もあることもお忘れなく。

ぼくに苛ついてるの？

いや。わたしだけの問題。

むきだしの神経に触れてしまったようだね。

むきだしでない神経ってある？　ごめんなさい。ただわたしの夢を話題にするのなら一からやり直したほうがいいというだけなの。立って部屋を出て違う服装で戻ってくる。

きみは何を着てくるつもり？

透ける生地のもの。くすんだ水色がいいと思う。あなたは？

記憶しているほう？　見た夢は。

かなりよく。もちろんそれで眼が醒めた夢なんかは。

なぜある種の夢は人を眼醒めさせるんだろう。

その人がもう飽きてると思うからとか？

夢がきみに何か言っているとしたら。でも何をしろとは言わないんだよね。

夢は記憶させておくためにわたしたちを起こす。こちらにできることはたぶん何もない。問題は夢が与える恐怖は世界についての警告なのかわたしたち自身についての警告なのかということかもしれない。夜の世界からベッドでぱっと身を起こして息を喘がせながら汗を流す。あなたは自分が見た何かから眼を醒ますのかそれとも自分が成ってしまっていた何かから眼を醒ますのか。

問題はそれなのかい。

あるいは本当の問題は単純になぜ心はわたしたちに実在性を持たないものの実在性を確信させようとするように思えるのかかもしれない。

きみは前に無意識はこちらと言語的な意思疎通をするのを嫌がると言った。歴史的な理由からそうだと。この理解で正しいかい。

ええ。

それを詳しく説明してくれないかな。

説明できる気がしないな。精神医学者は無意識を正面から扱うのに苦労してる。とはいえ無意識は生物学的システムであって魔術的システムじゃない。それが生物学的システムだというのはあり得るのがそれしかないから。人は何か面白おかしい要素が一定量ないかぎり無意識を話題にしたがらない。でもそんな要素なんてないの。無意識は動物を動かすための装置にすぎない。ほかに考えられる？

わたしたちはほとんどのことを無意識にやる。いろんな仕事を意識に任せるのは危険なこと。鯨や海豚《いるか》は海面から浮上して呼吸をするために時間を意識していなくちゃいけない。もちろん彼らは外科手術の前に麻酔をかけられたら死んでしまう。それは予見できてたことよ。無意識は種の必要に応じて進化するとして不気味なのは無意識がときにそういう必要性を予想してたように思えることね。不意打ちを受けるわけにはいかないから。これはダーウィンを当惑させた事柄の一つだった。でも精神医学の先生方はそういうことを理解しない。彼らは骨の髄までデカルト主義者なの。

彼らはどんなふうに眠るんだろう。

海豚？

そう。

ぐっすり眠るんじゃないかな。心に疚しさのない生き物だから。

いやぼくが訊いたのは……

左右の大脳半球が交代で眠るのよ。

それは本当？

ぶったまげるねえ。〈キッド〉ならそう言うはず。

すまない。彼らは海底まで沈まないのかな。

彼らが半ば醒めてることを忘れてる。あるいは彼らの半分が眼醒めていることを。興味深いのは眼醒めてる脳は眠ってる脳の見てる夢を知ってるかどうかという問題。あるいは左右の脳を連絡する脳梁が夜は活動を休止するのかどうか。あるいは死に瀕している海豚の最後の呼吸は自殺行為じゃないのかということ。正確には最後の呼吸の次の呼吸。その呼吸をしないことがだけど。

ちょっと昼の世界へ戻ってみようか。

戻りましょ。

ぼくたちは形而上学の使い方を間違えたようだ。

たぶん好都合にもね。

きみは自我の感覚を錯覚だと思う？

うーん。神経学の世界ではイエスがコンセンサスなのはあなたも知ってると思う。でもわたしは愚かしい問いだと思ってる。多数の異質な部分で構成されてまとまってる存在というのは――一般論として――アイデンティティが危うくなると考えられる。この考え方はわたしたちが自分自身を一つの存在として感じてることを無視してるように思えるのはわかってる。〝わたし〟というものを無視しているようにね。それは愚かしい物の見方だと思う。もしわたしたちが自分たちの活動を継続的に意識していなければならないように作られているならわたしたちは活動できないわね。自我が本当に錯覚だとするならそれは誰が錯覚してるのかという問いすらできるかもしれない。わたしたち自我や心の問題をしばらく離れることにしたんじゃなかった？

そうだった。きみは何歳のときからお祖母さんに育てられたんだっけ。十二歳？

そう。

今はお祖母さんとは疎遠になっている？

いや。もちろんそんなことはない。

でも気が合わないところがあったと。

祖母はわたしをどう扱っていいかわからなかった。それは祖母のせいじゃない。わたしも祖母にどう接していいかわからなかった。わたしが大学入学で家を出たら祖母はほっとするんじゃないかと思ってた。わたしは自分の問題で頭がいっぱいで祖母の問題は見えてなかった。祖母は車でノックスヴィルのバス停留所まで送ってくれた。わたしの荷物はスーツケースが一つだけで中身はほとんどが本だった。バスの乗降口で振り返って抱き締めようとしたら祖母は泣いていてそれでわたしは祖母が怖がってることを知ったの。

怖がっている。

ええ。

きみのことが心配で。

わたしのことが心配で。そう。

きみは何歳だった？

十四歳だった。

その二年後に大学を離れているね。

ええ。卒業して。

二年で。

それぞれの夏も含めてね。そう難しくなかった。博士課程に進んでもいいと言われたけど荷物をまとめてアリゾナ州のトゥーソンに引っ越した。夜はバーで働いて昼間はずっと数学をやってた。

睡眠はいつとったの。

毎日五時間寝ていた。いや四時間か。

バーテンダーができる年齢じゃないだろう。バーに入ることすらできない年齢だ。

偽の自動車運転免許証を持ってたから。

〈キッド〉はどうなった？

しばらくしたら現われた。わたしの小柄な悪霊《ディブーク》とその仲間たちは。兄に貰った車でわたしはよく山に入って川に両足を浸して代数的トポロジーの問題を考えた。それまでにネーターの論文を読んでたけどあれは核心にまっすぐ切りこむ論法だった。もちろんポアンカレもだけど。ベッチ群が実際的にどういう意味を持つか。ホモロジー群が。でもすごいのは彼女がそこに至った方法よ。彼女がほかの誰よりも抽象代数学に精通してたことは別にしてもね。彼女がしたようなことを成し遂げるためにはまずそれを信じてなければならないということをわたしは知ってた。でもこれはそれとは違うことのように思えた。直感というのは割るのが難しい木の実よね。トポロジーのすばらしいところはそれが取り組む問題がほかのことについてじゃないということ。解けばなぜその疑問を抱いたかがわかるという期待が持てる。追跡する相手は姻戚者なわけ。本当に一つの面を好きなように延長できるのか。無限まで延長したらどうなるのか。幅は無限に狭くなるはず。極小値の限界には永遠に接近しつづけられるのか。数学者はイエスと言うかもしれないけど普通の人は信じない。無限の延長も同じようなことだけど無限の縮小はそれとは違う一連の問題を提示してくるようね。古典的な理解では。これはアキレスと亀の競争の話になる。もう一度やり直して集中しないと。

今のは全然わからない。

それはいいの。理解困難のついでに付け加えるとトポロジーはその数学的基盤に疑問が持たれてる——一部の創始者たちは基盤なんてないと信じてる——となるとどうなるのか。トポロジーはそれ自身のロジックを含んでるとは言えるけどそのことがまさに問題じゃないのか。数学は科学じゃないと言うならそれは自分自身以外に指示対象を持つ必要がないと言うこともできる。ラッセルはヴィトゲンシュタインにすべての数学はトートロジーだと言われて納得して数学をやめてしまった。

それは本当の話?

知らない。ラッセル自身がそう言ったの。

今のはきみの考えでもあるのかな。

わたしはその問題には答えが出ないと思う。とりあえずはノーと言うしかないかな。でもわたしはもう数学という建物の外に出てるから。それにもっと深い問題は、さっきわたしたちが触れたけど、仮に数学的な作業が主に無意識のなかで行なわれるのだとしてもそれがどんなふうに行なわれるのかわたしたちにはまるでわかってないということ。内的な心がぶつぶつ呟きながら足し算や引き算をして答えを消してはまた始めるというイメージを思い浮かべてみてもいいけどそれじゃたいしたことはわからない。それになぜその計算がしばしば正しいのか? 誰が検算をしているのか? わたしも問題の答えをぽんと手渡されるようにして思いついたことがある。青天の霹靂《へきれき》みたいに。青斑核の働きかもしれない。内的な心はすべてを記憶しておかなければならない。ノートをとることなく。内的な心は数字を使ってないという衝撃的な結論も否定するのが難しい。

そんなことがどうしてあり得るのか理解できないな。

今のは本当じゃないかもしれない。そこまでしばしば正しいというのは。おそらく本当なのは正しい答えだけが報告されるということ。しばらく前にある学会でマンハッタン計画の歴史を研究している人とたまたま話す機会があったの。デイヴィッド・ホーキンズという人。数学の話をしたんだけど彼は数学に関して最初に自分の興味を惹いたのはシュペングラーの『西洋の没落』の第一章だったと言った。章題は「数の意味について」。シュペングラーの数学観はどういうのかと訊くとホーキンズはよくわからないがと断わった上でこう言ったの。シュペングラーは数の論理としての数学と時間の論理としての数学を区別するのに熱心だったらしい。わたしはそれは基数と序数の違いとしてすでにはっきり認識されていたと思ったけどきっとシュペングラーは別のことを追求していたんだろうとも思った。でもとにかく本を手に入れて緒論のほかあちこち拾い読みをしてみたの。哲学者の常として——というのは彼が哲学者だとしての話だけど——一番面白いのは思想そのものじゃなくて彼の思考の動き方なのね。わたしはさらにもう少し読んだだけでやめてしまったけど今までに読んだナンセンスな本のなかでは一番面白いと思った。シュペングラーを変人と呼ぶことはできないと思う。彼はあまりにも物を知りすぎてる。それに文章がほんとにすばらしかった。模範的なドイツ語散文の書き手としてはショーペンハウアーと肩を並べると思う。シュペングラーはいくつか奇妙なことを述べてる。夜の数学、だったかな。グロテンディークが言いそうなことよ。でもグロテンディークは偉大な数学者。彼の言うことはまじめに受けとめなくちゃいけない。歴史の意味を探究する大部の著作を数学の意味の考察から始めるというのは現代の哲学者も考慮に入れていい戦略よ。ヴィトゲンシュタインには膨大な量の数学の著作がある。公刊されてるものはそのうちほんの少ししかないけど。

シュペングラーは数学を知っていた？

さあ。本ではどんな数学者にも言及してないのね。やってるのは一般的な議論だけ。フレーゲに言及せずによく数の意味について書いたと思うけど。一九一八年だか九年だかのことにしても。ただしフレーゲも完全に基本のところを論じてたわけじゃない。足し算や引き算は本当は数学じゃないの。袋に入った小石を使ってでもできるから。でも掛け算と割り算は別。トマト2個かけるトマト2個はトマト4個じゃない。トマト2個の2乗。すると2とは何なのか。それは実在物から独立した抽象的な数学的オペレーター。ふうむ。でそれってつまり何？　わたしたちにはわかってない。それはわたしたちが作りあげたもの。こんな話を数学の初級講座で聞いた記憶はない？

ちょっと話のポイントが見えないような。

でしょうね。要するに十万年ほど前に毛皮の衣をまとった誰かがむくっと身体を起こしてそうか！と叫んだってことなの。そういうような声をあげたというか。まだ言語はなかったから。でもその誰かは一つの物が別の物でもあり得ることを理解したの。二つが似ているとか現実的な関係を持ってるとかじゃなくて。それがそれだという関係。それの代わりになるという関係。小石が山羊であり得る。音が物であり得る。水の名前は〝水〟にする。有用性を旨とする理性から見れば筋が通らないように思えるものが実は文明の基礎概念になってる。言語、芸術、数学、すべてそう。究極的には世界それ自身とそのなかのすべての基礎なの。

そのうち一番偉大なものが数学ということなんだろうね。

まあその。わたしは数学者だから。

となると神は数学者なのかな。

神は2足す2ができない。0と1だけで作業するしかない。その他は人間がやること。クロネッカー（〝整数は神が作ったものだがほかのすべては人間が作ったもの〟と言った数学者）をもじって言えばね。この問題はしばらく棚上げしたほうがいいかもしれない。

わかった。大学をあとにしてアリゾナへ行くときみは博士課程から離れたんだね。

いや。今でもときどき連絡が来る。

どんな様子か訊いてくるわけだ。

どんな様子か訊いてくるわけ。

大学にきみのアドバイザーがいるんだ。

いる。彼女から連絡は来ないけど。

仲違いをしたとか。

それはない。でも彼女を本当には信じてない。

それはなぜ。

明らかに自分で理解してないことに同意してくることがあるから。それにわたしは彼女を緊張させる。

きみの人生のいつものテーマかな。

まあそうかも。

数学者としての人生の。

それはそうでもない。数学者はだいたい率直なものよ。内心を偽るとはどういうことかよくわかってない人が多いと思う。変わった人たちだし周囲からは実際以上に変わってると思われる。チャイティンはあるときあなたは現実と繋がりを持っているかと訊かれたことがあると言った。新聞を読みますかと訊かれたとね。

研究のほうはどうだったの。トゥーソンでは。

あらゆる見込みのない企てがたどる道をたどったというところね。徐々に下り坂をくだってからストンと落ちる。

それはちょっとがっかりだね。

そうでもない。自分の求めてるものがそこにあるのはわかってた。数学をやるのは戸別訪問で物を売るのに似ている。拒絶にうまく対応するすべを学ばなくちゃいけない。あるときヒルベルト問題に取り組んでみたことがあった。問題を解こうというんじゃなくて自分の課題と何か共通点がないか見てみるために。数学はどんどん広がってそれとともにばらばらになっていく。二十世紀初頭のある時点でとうとう一人の数学者が数学の全領域を理解することが不可能になった。たぶんカントールがそれを理解していた最後の数学者だったと思う。ポアンカレもそうだったかな。以後は誰もいなくなった。ともかくわたしは自分の数学者としてのキャリアがもう終わるかもしれないと思ったことが何度かあった。でも同時に自分の能力を疑ったことは一度もなかった。わたしは自分の知るかぎりで最高の数学者だった。

それでどうなった？

数学的真実が表わすのは一種の第二級の現実だみたいなことを言われると数学者は腹を立てがちなのね。物理学者の李政道が非アーベル的ゲージ理論に取り組んでいるときファイバー束理論という数学理論に出くわした。そしてこの二つの理論は同じものだった。そこで李は親しい数学者たちのところへ行ってこれはどういうことか説明してくれと頼んだんだけど数学者たちはなぜ説明する必要があるのかわからなかった。李はゲージ理論は物理理論だから現実的であるのに対してファイバー束理論は物理理論じゃないから現実じゃないと言った。すると数学者たちはむっとしていやいやファイバー束理論は現実的なものだと反論したの。トポロジーは絵に描けないような形を正確に記述できる。でもそれは心像ではあり得ない、というのは心像ならなんの心像かという話になるから。とにかくその夏が終わる頃にはわたしはおおむね穴のなかに埋まりこんでいた。

わかった。それでどうなった？

東方から三博士がやってきた。

え？

ＩＨＥＳの奨学金がとれてそこで話のわかる三人の人と出会えた。

それはフランスの研究所だね。

そう。

その三人の人というのは？

グロテンディーク、ドリーニュ、そしてオスカー・ザリスキ。

なぜその三人なんだろう。

なぜならそれが彼らだったしわたしだったから。

何かの引用みたいに聞こえる。

引用よ。モンテーニュ（『エセー』の「友情について」より。〝彼〟を〝彼ら〟として引用）。

大学のきみのアドバイザーね。彼女はきみを……この言葉が適切かわからないけど。少し偉そうだと思っていたのかな。

たぶんそう。もちろん彼女はIHESの奨学金を貰ってないけど。

その奨学金を貰えるのは大変な名誉だろうね。

ええ。

グロテンディークには会ったことがなかったんだね。

なかった。手紙を書いたら論文を送れと言ってきたから送った。

何についての論文？

彼がたぶんまだ考えたことがないとわたしが思ったトポスの理論についての説明だった。実際彼は考えたことがなかった。わたしが知らなかったのは彼がもう数学をやめてたこと。わたしにはあまり時間がなかった。

大丈夫かい？

大丈夫。

今の話題に戻る？

大丈夫。

別のことを話してもいい。まだ全然触れてないことはなんだろう。

わたしが女だという事実。

数学との関係で？　精神分析医たちとの関係で？

どっちでも。

じゃ精神分析医たちで行こうか。

女は狂気に関して男とは違う歴史を経験してきた。精神異常は魔女の証だとかヒステリーは子宮の病だとか。精神の不安定な女が魔女として断罪されたことは知られてるけど女が頭のよさを示すと石を投げられて殺された事例の数は――その多寡はともかく――誰も調べたことがない。わたしが地下室の壁に鎖で繋がれたり火刑になったりしなかったのは文明が進んだからというより懐疑が増したからにすぎない。もしみんなが今でも魔女の存在を信じてるなら殺すでしょ。鉤鼻の老婆は電気椅子送りとか。あまり指摘されないけど魔女のステレオタイプな風貌はユダヤ人のそれよね。懐疑するのは悪くないと思う。それに伴うものに耐えられるのなら。わたしは丁重に扱われるとありがたいけどそうしてもらえるかは不確実なことだと知ってる。理性が作り出したこの世界が破滅するときには理性も道連れになる。理性は長いあいだ帰ってこないはずよ。質問の順番は今どうなってる？

あれはとりあえずの取り決めだったと思うけど。対話を始めるためのね。お先にどうぞ《ゴー・アヘッド》。

古めかしい言い方。

お先にどうぞ《ゴー・アヘッド》が？

ええ。今まで患者に自殺されたことは？

ある。一度。

若い女。

そう。

葬儀には出た？

妙な質問だな。ああ。出たよ。

どうだった？

ほぼ一般に予想できるとおりだ。いやもっと悪いか。誰も話しかけてくれなかった。

話しかけてくれると思ってたの。

そう願っていた。ぼくはただ正しいと思うことをしただけだから。もちろん彼らの視点から見ることもできる。不愉快な人間が隅っこにすうっと現われたわけだ。歓迎されざる客が。あれほど悲しみに打ちひしがれた人たちは見たことがなかった。人から感謝されることが多いとそれに慣れてしまう。当たり前だと思ってしまう。ありがとうございます先生と言われるのが。そういうことを考えなくなる。でも人を責める気持ちは深くて長く続く。ぼくは黒いスーツ姿でしばらく立っていたあとで帰った。まだきみの番なんだっけ？

別の生活《アザー・ライフ》を考えたことはある？　どこか別の場所での生活。

別の生活には別の場所が必要だろうね。どうかな。たぶんないと思う。別の生活。それは別の職業ということ？

あるいは生活がないこと《ノー・ライフ》。

それを望むのはきみだろう、ぼくじゃない。

あなたはとても幸福なのね。

ぼくはとても幸福だ。

わたしは子供の頃よくどこか遠いところで暮らすことを夢見た。そこへたどり着くための方法をいつも考えてた。

想像上の場所それとも現実の場所？

初めは想像上の場所だったと思う。あとになると真剣になって世界地図で探すようになった。

どこに決めた？

ここ。

世界地図にステラ・マリスは載っていないだろう。

ええ。ほんとはルーマニア。

ルーマニア。

そう。

なぜ。

家族の出身地だから。母方の一族の。ボビーが調べたの。一八四八年にエリス島に上陸したのは十五歳の女の子だった。母親といっしょにヨーロッパを出たはずだけど母親はたどり着けなかったらしい。上陸者名簿に載ってなかった。名簿にはなんの説明もなかったけど航海中に死んだのに違いない。女の子は誰かに出迎えられたのか。それはわからない。

彼女はどうしてテネシー州へ？　というか彼女の代からテネシーに？

それもわからない。十六歳のときにはもう結婚してたらしい。ボビーはヨーロッパにいる彼女の一族のことを調べてみた。わたしたちの一族のことをね。たいしたことはわからなかった。彼女は戦争ばかりのヨーロッパから逃げてきたの。ユダヤ人の家族のなかには小アジアを徒歩で横断してロシアの港まで行った人たちも大勢いた。スーツケースを提げてね。ボビーがロイヤル伯父にうちはユダヤ系だと言ったら伯父は兄に家から出ていけと言った。

お兄さんは出ていった？

いや。もちろん出ていかない。

それは例の少しおかしい伯父さんだね。

そう。

反ユダヤ主義者なんだ。

反ユダヤ主義は彼の困った点の一番ましなやつよ。

それは苗字？　ロイヤルというのは。

いや。南部人のファーストネームには変わったのがあるから。本来はラウルかもしれない。でもロイヤルが正式の名前なの。もちろんスペイン語由来の名前はほかにも多い。少なくともテネシーでは。カルロスとか。ワニータとか。ワはWで始まるけど（スペイン語は外来語を除いてWの字は使わない）。

どうしてそういう名前をつけるんだろう。

メキシコ戦争の名残みたい。メキシコの食べ物のタマルと同じよ。彼は夜わたしのベッドに入ってきたことがある。

伯父さんが。

そう。

きみはどうしたの。

ベッドを出てドアロへ行って一階にいる祖母を呼んだ。

伯父さんはどうした？

飛びあがってドアに向かって走った。痩せこけた身体にパンツ一枚で。

きみは何歳だったの。

十三歳。

そのことをお祖母さんに話した？

いや。それでなくても祖母には苦労が多かったから。翌朝階下《した》へおりたとき伯父にあのことをボビーに話すかどうかまだ決めてないからねと言ってやった。それで頭が冷えたみたい。

ボビーには話した？

とんでもない。話したら伯父を殺すもの。

お兄さんはきみをとても大事に保護してくれていたんだね。

ええ。とても。

きみのベッドに入ってきたりはしなかった。

兄が？　いや。それは話が逆。

それは本当じゃないだろう。

兄のベッドに入っていったことはない。

お兄さんはなぜカーレースを始めたのかな。

それが得意だったから。そして突然それをやれるお金ができたから。祖母は嫌がった。でも切り抜きを全部保存していた。物理学者には健康によくない趣味を持つ傾向があるの。登山家が多くてね。ときどき予見できるような遭難事故を起こしたりする。兄はイギリスへ行ってロータスのＦ２マシンを工場直販で買った。

その車でイタリアで事故を起こしたんだね。

話題を戻さない？

わかった。すまない。ルーマニアの話だ。
そう。
本当にルーマニアへ行って暮らしたかったのかい。
ええ。そうしたかった。
お兄さんは。
そこ。それがプランの眼目。
お兄さんもいっしょにルーマニアで暮らしてくれると思ったんだね。
そうしてくれたらと思った。ええ。
お兄さんはなんと言った。
それはおれの考えてたことじゃないって。
ほかには。
ちょっと込み入ってる。
お兄さんとの関係はどうだったの。
どうだったと思う。
わからない。
わたしもわからない。わたしたちがしたかどうか訊いてる?
したのかい。
いいえ。
ほかには。
この話題で。

そう。

愛はそれ自体が一つの精神疾患である可能性がかなり高い。

それはまじめなコメント?

ええ。

そう信じている?

たぶん。でもないか。ときどきは信じる。文献は希望を持たせてくれない。経験も。

つまりきみはお兄さんに恋していたと言っているのかい。

優秀な精神医学者であるあなたはおそらく近親相姦が若い女の心の謎を解く鍵になると信じてるんでしょうね。

でも近親相姦じゃなかったと。

ええ。願望だけだった。

この話はしたくないみたいだね。

心の奥底の事柄は秘めておかれる資格がある。

わかった。

わたしは自分がテネシー州ウォートバーグにいるべき人間じゃないと知ってたからボビーがわたしのいるべき場所を見つけてくれたということはあり得ると思った。わたしたちがいるべき場所を見つけてくれたということは。

真剣にそう考えていたんだね。

ええ。文法書を手に入れて言葉の勉強も始めたの。

きみは一族がルーマニアのどの地方の出身かを知っていた?

いいえ。わたしは山のなかに住みたかった。そこそこ大きい都市《まち》からそう離れていないところで。ブカレストの近くとかね。わたしには図書館が必要だったから。わたしは川のそばに住んでカヌーに乗りたかった。

カヌー。

憐れでしょ。

なんと形容すべきかわからない。その空想はどのくらいのあいだしていたの。

今もしてる。

この辺でやめたいかい。

ごめんなさい。いいの。大丈夫。

ヨーロッパに住んだことはあるけどルーマニアには行っていないね。

ただ行くだけはしたくない。住みたい。

ここでやめたほうがいいかもしれないね。

約束は約束だから。少しくらいヒステリーが起きたからって契約を破る理由にはならない。

ほかのことを話すのでもいいよ。

靴や船や封蠟《シーリング・ワックス》のことを（ルイス・キャロル『鏡の国のアリス』より）。

きみはこのセッションのために下準備をしてくるのかい。

なぜ天井《シーリング》にワックスを塗るんだろうと思った子供はきっとわたしだけじゃないと思う。いや。ぶっつけ本番。あなたと同じ。

ぼくは少し考えてくるよ。そしていくつかメモをしておく。

テープはどうする予定なの。

問題がなければ論文の材料にする。そこは合意ができているはずだが。

わたしはそれを読まなくていいという条件でね。

きみは小さい頃からここまでペシミスティックだったのかな。

思春期前は燦燦と輝く陽の光を浴びていたと思う？

わからない。

世界が自分に対して何かしてくるんじゃないかと不安に思う人たちは間違ってないとわたしは思ってる。世界には悪い知らせが沢山あってその一部は家まで押しかけてくるから。

タホー湖に身投げ。あれは本気で考えたこと？

本気も本気。そこに書いてあると思うけど。

ある。でもきみは思いとどまった。

ええ。

なぜ気が変わった？

女の子は冷たいのが嫌いだから。

まじめな話。

腰を落ち着けて考えてみたの。

意外性のない答えだね。

生理学的に検討してみたわけ。そしたらあまりいいものじゃないとわかった。

この話題は大丈夫？

大丈夫。どうってことない。

まあ時間は少しあるから。

それでね。まずわかったのは窒息でパニックになるのは本能的なものだということ。脳の歴史と同じくらい古いものでどうにも対処の方法がない。気力を振りしぼれば耐えられると思うかもしれないけどそれは無理。理性を完全に凌駕してしまう。溝鼠《ドブネズミ》と共有している本能なの。高いところから落ちる恐怖も同じだと言うかもしれないけど登山者で落下して死ぬと思ったのに助かった人はみんな静かに死を受け入れたと証言してる。これはなぜなのか。

なぜだろう。

わたしは決断が必要ないからだと思う。

決断。

そう。溺れてるときはある時点で水のなかで息を吸ってそのせいで死ぬという決断をしなくちゃいけない。決断も何も否応なく息を吸ってしまうと思うかもしれないけどあと一秒は我慢できなくても一ミリ秒は可能なわけ。もちろん息を吸うのは選択ではないけど決断には違いない。自分を殺す決断をしなくちゃいけない。落下して死ぬときにはそれはないのよ。映画はその点で正確じゃない。足をばたばたさせたり叫んだりはしないの。すべての責任から解放される。もう終わりと諦めがつく。こういう陰鬱な話題を続けて大丈夫?

きみしだいだ。

わかった。わたしはボートを借りることを考えた。湖を見おろす松林に坐って湖の水がものすごく澄んでることを考えてそれをプラス要素だと思った。泥水で溺れるのはやっぱり気が進まないから。みんなそういうことは考えたほうがいいと思う。わたしはオールをクラッチにとりつけたボートに坐っているところを思い描いた。ある時点でわたしは最後に一度周囲を見回す。分厚い革ベルトと金物屋で買った大型の南京錠を用意してベルトを二重に回して自分の身体を錨鎖に繋ぎとめてバックルを留める。そしてバックルに南京錠をかけて鍵を湖に捨てる。あと何回かボートを漕ぐのがいいかな。

湖の底で必死に鍵を捜し回るなんてごめんだから。最後にもう一度まわりを見てから錨を膝に載せて両足をぶんと横に振って永遠のなかへ飛びこむ。一瞬の動作。それが生涯を決する。

でも実行はしなかった。

しなかった。第一に東岸のあたりは深さが千六百フィートほどもあって水がすさまじく冷たいの。考慮してないことがたくさん起こり得る。もちろん考慮してたらそもそも入水はしないわけだけど。よっぽどのことがないかぎり。水中を沈んでいくにつれて肺が縮みはじめる。水深千フィートでテニスボール大になる。耳抜きをしようとすると痛みが走る。鼓膜が破れる可能性が高く破れると本格的に痛い。耳管を通して空気を強制的に耳に送りこむテクニックがあるけどこの場合はそもそも送りこむべき空気がない。小さな泡の鎖を引きながらおりていく。山が遠ざかる。太陽もボートの塗装された底も。世界が退いていく。鼓動がどんどん遅くなる。ある深さになったら完全に停止する。血液が身体の先端部分から離れて肺に溜まる。でも最大の問題はこれから起こる。湖底に着く前に空気が切れてくる。六十ポンドの錨といっしょでも――これがわたしに抱えられる限界の重さだけど――そんなに早く沈むわけじゃない。時速十二マイル――というとかなり速いけど――千フィート沈むのに一分かかる。わたしが選んだ条件のもとでは息は一分ももたない。水に入る前にすばやく何度も呼吸をしておいたとしても。ショックとストレスと冷たさと減っていく空気が効いてくる。ともかく底まではたっぷり二分ほどいやおそらくは四分か五分かかると思う。湖底に居心地よく坐れるときまでは。

居心地よくか。

そうよ。少なくとも錨は置けるでしょ。

きみはこういうことを考えるのを楽しんだの。

楽しんじゃいけない？　問題を考えるのはいつだって楽しいものよ。

きみがまじめなのかどうかわからないことがある。

でしょうね。ともかくこの時点では錨を離すしかなくベルトで繋がった錨に引っ張られてどんどん沈んでいって冷たい水に脳が凍りつきそうになるの。もう意識を正常に保つことはできなくなっているだろうけどそんなことは重要じゃない。溝鼠のあがきをやめてついに水のなかで——焼けつくほど冷たい水のなかで——息を吸うとき激痛を超越した痛みを経験する。おかげでわが身になんということをしてしまったのかという精神的な苦悶から気が逸らされるのかそれは知らない。寒い冬の朝にランニングをして息が切れたときの肺の痛みを思い出してみて。空気が肺を早く出入りしすぎて温まる暇がない。それで肺が痛む。その痛みを何倍だか何十倍だかにする。水のエンタルピーと空気のエンタルピーを比較すればわかる。その痛みは消えない。肺は吸いこんだ水を絶対に温められないから。ここで問題にしている痛みは尺度を超えたものだと思う。証言した人は誰もいない。そして永遠に続く。その人にとっては永遠に。

麗らかな春の日に湖を見おろす林に坐ってきみが考えていたのはそんなことだったのか。

そんなことだった。

ほかには。

もちろんまだ未知の要素は多い。タホー湖の底はかなりの部分が砂利だろうから錨が着地したときも沈泥《シルト》が巻きあがることはないはず。そして完全に無音。湖底に何があるかはわからない。先に身投げした人たちの死体があるかもしれない。存在すると知らなかった家族というわけ。水は透明だけど光が乏しいから相当暗い。冷たい灰色の世界。まだ真っ暗じゃない。生物はいない。唯一の色は耳から水のなかに漏れ出す血の薄いピンクだけ。反射的にむせ返る反応についてはわかってないけど今から検討してみましょ。

検討してみる。

そう。肺が水で満たされたらそれは弱まるのか。反射的にむせ返る反応は。わからない。証言した人は誰もいない。普通は咳きこんで水を吐こうとするけどこの場合は重すぎて水は吐けない。そしてもちろん吐いたところで代わりに水が入ってくるだけ。一方酸素欠乏と窒素酔いでも正気が危うくなってくる。氷のように冷たい湖底に坐ったわたしの肺に砲弾のような重さの水圧がかかり冷たさによる胸の痛みはおそらく火に焼かれる感覚と区別がつかず苦悶のうちに喘ぎながら意識は遠のきはじめるけどそれでも本能的な恐怖にがっちり摑まれてそれについて何もできないでいるうちにどこからかまた新しい想念がやってくるの。度外れの冷たさがおそらく人の意識をどれくらいの長さか知らないけど生かしつづけるのね。溺れていようといまいとそれは数時間続くかもしれない。さすがにもう失神してると思うだろうけどさあどうだろう。意識を失ってないとしたら。自分に対してした取り返しのつかないことについてそんなことをする理由なんてなかったという思いが募るにつれて泣きながら譫言《うわごと》を言い早く地獄にへ行きたいと願うばかりになる。ともかく林のなかに坐ってそよ風に吹かれながら自分は湖に入ることはしないだろうと悟ったの。生きてるあいだわたしは悪い人間だったかもしれないけどそこまで悪かったわけじゃない。わたしは立ちあがって車のところまで戻りサンフランシスコに帰った。

車でタホー湖まで行ったのははっきりと自殺が目的だったのかい。

そうよ。

ほかには。

何もない。わたしはそのときわかったことを書いておくことを考えた。入水自殺を考えている人にはたぶん残酷な驚きが待ってるからそれを読むことで気が変わるかもしれないと思ったの。

ほかの自殺の方法のこともそんなふうに分析した？

そんなにじっくりとは。分析するようなことはあまりないから。もちろんなかにはちょっと考えただけでも凄まじい苦痛だろうとわかるものもある。自分に火をつけるとかね。たとえば。

今現在自分自身にそういう危険があると感じるかどうかは言いたくないだろうね。

自分に火をつける危険？

いや。そうじゃなくて……

冗談よ。

そうか。

わたしたちはその危険があると判断したはずよ。あるいはあなたは。

その頃きみのお兄さんはどこにいたの。

イタリアにいた。

それじゃわりと最近だね。

ええ。知りたいことは訊けばいいのよ。

きみが答えないことも多いからね。特にお兄さんのことは。

わかってる。

自裁の方法としてほかにどんなプランを考えてみたかな。

真剣なプラン？

どういうのでも。いや、やっぱり真剣なやつ。

前からずっと発見されたくないという考えはあったのね。死んだのに誰もそのことを知らないというのはそもそもここにいなかったというのに一番近いんじゃないかって。大型の船外機をつけたゴムボートで海に出て燃料が切れるまで走るというのを考えてみたことがある。燃料が切れたら船外機に鎖で身体を結びつけて片手一杯の薬を呑んでボートのバルブを全部少しだけ開いてから横になって眠るの。キルトと枕を持っていくといいかもしれない。ゴムボートの床は冷たくなるだろうから。

またしても冷たさが出てくるね。

ええ。ともかく二三時間たつとゴムボートはぺしゃんこになって海の底に沈み永久に人の眼に触れることはない。というようなこと。

というようなこと。

そう。

その研究は今も続けている？

こういう話はあなたに聞かせるべきじゃなかったわね。

どうしてかな。

あなたを不安にさせるだけだから。いたずらに。

つまりそのことでぼくにできることは何もないという意味かな。

まあね。誰であれ何ごとであれできることはほとんどないと思う。

物の見方はとても暗いけどきみは鬱病と診断されているわけじゃないね。

わかってる。あなたの言うとおり。わが酒杯《さかずき》はあふるるなり（〝わが身は幸福にあふれている〟の意。旧約聖書『詩篇』第二三章第五節）。

きみのペシミズムは世界についての余人にはそうたやすく感得できない理解に基づいているというのがきみの考えだろうか。

その質問は罠？

そのつもりはない。

一般の人たちは世界について穏当な理解をしていると思う。そうでなかったらわたしたち精神病者はここにいないから。

ダーウィン主義的な見方だ。

そう。才能のなかには歓迎されないものもある。どうやら人々の共通の過去が共通の未来を保証してくれるのは自分たちのなかからはみ出し者を取り除く場合だけだということらしい。一人ずつ。現われるごとに。排除して。閉じこめて。などなど。

となるとわれわれが近づいている世界を支配するのは……なんだったかな。〈アルカトロン〉？

わからない。そんな顔しないで。本当にわからないの。

門の向こうの存在。きみはそれがどういうものなのか多少は感じとっているはずだ。

たとえばどんなもの。邪《よこしま》な風？　闇？

〈アルカトロン〉。

かもしれないわね。最初は〈大将軍《インペラートル》〉だった。十二歳のわたしは語学が大好きだったの。ともかく門は見えたし門番たちも見えた。でもその向こうは見えなかった。

門番たちは引き返せと警告した？

した。

どんなふうに。

溝鼠の冷たい眼でじろりと睨んで。わたしは見つけてはいけないことになってる覗き穴を通して彼らを見たの。でもわたしはそれまで一度もそこに来たことがなかったのに気づいた。彼らはわたしを見て驚いてた。ともかく一つの仮説だけに基づく世界観はそのことゆえに虚偽の世界観であるとは必ずしも言えない。あるいは間違った世界観であるとは。従来知られてなかった真実がただ一人の人間の証言によって人間界にもたらされた例はいくつあるか知れないから。

一般の人たちはかなり暗い物の見方をしていると思う？　それをただ抑えこんでいるだけだと。

ええ。あなたはそう思わない？

わからないな。

人は偶然より運命を好む。兵士は飛んでくる弾には当たる人間の名前が書いてあると本気で信じてる。ほとんどの人は神が天国に行く人たちの名前を書き記した本だけでなく自分個人の運命が記してある本があると信じてると思う。運命の神ならなだめることができるしその他の神々にも祈ることができる。でも偶然はどうにもならない。

きみはきみ個人の運命が書かれた本があると信じている？

わたし自身がその本を書きつづけてるという意味においてだけその本の存在を信じてる。もちろん幻想かもしれないけど。ともかくそれは一つの問いとすら言いがたい。今度の木曜日の午前十時にわたしはどこかにいるだろう。生きているか死んでいるかのどちらかだろう。その時その場所にわたしがいることは鉄板《コッドロック》に確実なこと。世界のあらゆる出来事の総和よ。わたしにとっては。わたしはほかの場所にはいない。事前には知らないけどそれで何が変わるわけでもない。

コッドロック？

これもアメリカ南部の方言。

きみは自分を無神論者だと思う？

とんでもない《ゴッド・ノー》。無神論者だったのは古き良き時代の話よ。

まじめなコメントなのかどうかわからないな。

でしょうね。わたしにもわからない。なんと言えばいいのか。わたしは今時の若い女なの。

うーん。今時の若い女性は何人か知っているけど。その特徴がきみに当てはまるかどうか。今日はこれでお終いにしたい？

わたし鬱《ふさ》いでるように見える？　もっと図太くならなくちゃいけないみたいね。でも大丈夫。長いあいだわたしはわたしたちが正当に非難されてる前代未聞の邪悪に想像力を働かせることができずにいるんじゃないかと疑い現実の構造それ自体がわたしたちの浅ましい歴史がその淡い反映でしかないものの形態のようなものを擁してるというのは少なくとも可能性としてはあると考えてきたの。これはプラトンが考えてはみたけど言葉で言い表わすことができなかったことと言ってもいいかもしれないと思った。その表情から察するにあなたはとうとうわたしに狂気の胚胎を見出したようね。

ぼくはともかくきみの話を聞いている。どうやらきみは〈アルカトロン〉を見たことはないようだね。

わたしはそういうものが見える《シーアブル》とは思わない。

見える《シーアブル》。

そう。

可視的《ヴィジブル》とははっきり区別されるわけだ。

彼が可視的かどうかは知らない。わかるのはわたしには彼が見えない《キャント・シー》ということだけ。彼じゃなくてそれかもしれないけど。

この議論は前にもしたね。あるいはこれと似たような議論は。

わかってる。

隊商は先へ進む。それはある種の不吉な原型《アーキタイプ》だね。

衣装をまとった不穏な概念。

なんの原型だろう。

わからない。指示対象のリストはある程度長く続くと思う。

どちらが先に現われたのかな、〈アルカトロン〉と〈キッド〉は。

大将のほうが先よ。わたしは〈キッド〉が現われた理由は彼だとすら思っている。

〈キッド〉が彼に言及したことは？

ない。

お兄さんに〈アルカトロン〉のことを話したことはある？

ええ。ある。

お兄さんはなんと言った？

拘束衣はフリーサイズだと思うけど自信はないもしかしたらＳＭＬがあるかもしれないから調べてみるって。

そういうふうには言わなかったと思うんだが。

言わなかった。幻想のことを気にしてはいたけど。人は自分で認めている以上に幻覚を見てると兄は考えていた。でもだからといって精神に異常を来《きた》してるとは限らない。特に十二歳の子供はただでさえ頭がイカレているようなものだから。それでも兄は心配したしあとになるとわたしの世界観がわたしの数学に影響してるかもしれないと思うようになった。グロテンディークはどこかで二十世紀の数学は道徳的な羅針盤を失いはじめたと言ってる。ボビーはその種の論は馬鹿げていると思ってたけどグロテンディークが本当に言いたかったことを知ってるのかと訊いたら知らないと認めた。グロテンディークはＩＨＥＳをやめる頃にはかなりおかしくなってたからボビーは彼がわたしにある種の悪影響を与えたんじゃないかと考えたし——といってもそれは事実じゃなかったけど——兄はわたしに論文を提出するかどうか考え直すようにとも言った。

きみの論文を読んだんだね。

正確には三種類の草稿を。

お兄さんは内容を理解した？

かなりよく。その問題点も理解した。

問題点というのは？

誰にも理解できないだろうということ。

またまじめじゃないね。

何が問題かというとその論文はトポスの理論の三つの問題を証明してるけどそれに続いてその証明のメカニズムの破壊にとりかかってるの。その三つの証明が間違ってるというのでなくこういう証明はどれもそれ自身のケースを無視してることを示した。その過程でもっと普通に議論されてる数学的現実についての主張に言及しながら。

数学はきみにとって疑わしいものになったわけか。

連想するのはデイヴィッド・ボームのことね。彼は量子力学についてとてもいい本を書いた——その本を書いた主な理由はアインシュタインからあれは間違った理論だと言われて半分納得したから。彼は自分の考えを言葉で定着させたかった。本を書き終える頃には量子力学を信じなくなってた。

論文を書いたことできみは懐疑的になったと。

信じる助けにはならなかった。

お兄さんはきみの精神状態を心配した？

わたしが狂ったと思ったか？

まあそれでもいい。

一般人が思う意味でそれとも医学的な意味で？

医学的な意味で。

それはなかったと思う。でも考えれば考えるほどわたしが狂ってないんじゃないかと心配になったかもしれない。

そっちのほうが悪いんじゃないかと？

ええ。

妹の考えが正しかったらどうしようというような。

わからないけど。ボビーはこのこと全部が不満だった。だからわたしはもうそのことを話すのをやめていた。でもボビーはその頃にはガラスの向こうの生が存在するかどうかには興味を持ってるふりを完全にしなくなってそれをいかに取り除くかにしか関心を持たなくなってた。そしてわたしはその頃にはそれをしたいかどうかあまり自信がなくなってた。それを取り除きたいかどうか。

なぜだろう。

わたしは兄の知らないことを知ってたから。世界の表面の下には封じこめがたい恐ろしいものがあってしかもそれはずっと前からあったことを。現実の中核には深遠で永遠のダイモニオン（人間に働きかける神霊の力）が存在する。すべての宗教がこれを理解してる。それが消えることはない。今世紀に何度も起きた残忍な出来事が例外的一時的なものだと思うのは愚の骨頂よ。

そういうことをお兄さんに話した？

うん。話した。

お兄さんはなんと言った？

身を乗り出してきてわたしの額に掌をあてた。熱を測るみたいに。

それは本当の話？

ええ。

その仕草は面白くなかっただろう。

いや、面白かった。

お兄さんはきみが博士号をとらないんじゃないかと心配しただろうね。

ええ。心配した。

提出はしたのかな。

しなかった。単位も全部はとってない。集合論のせいでわたしは無法者《アウトロー》になったと思う。ポアンカレは集合論を病気だと言いヒルベルトは楽園だと言った。少なくともカントールの当時の仕事全体のなかで見たときはね。でも実際の掘り下げをやったのはリーマンだった。リーマンのやろうとしていることを見て彼はユークリッドの心臓に杭を打ちこもうとしていると理解した数学者は少なくなかった。

リーマンはなぜそんなことをしたがったんだろう。

ユークリッドが嫌いだったから。ユークリッドの妻も子供たちも飼っていた犬も嫌いだったから。

それは例の幾何学の体系と関係があるんだろうね。

いや。現実と関係がある。まず点を考えるとそれには次元がなく従って現実性を持たないけどそれを線に伸ばしてみる。無を伸ばせば有になるか。それは言葉で証明しなくちゃいけない。図で示すことはできないから。

リーマンはそれを示した？

そう言うのならそれでもいい。内角の和が百八十度を超えてるリーマン幾何学の三角形は地球の曲面上で作れる。でも数字は抽象的なもの。数字は地球上に住んでない。でも宇宙で生きることはできる。宇宙は曲がる。事実として曲がる。でもリーマンはそのことを知らなかった。

どうもポイントが見えない気がする。

今のは駄洒落じゃないとしておくわね（〝ポイント〟はすなわち〝点〟）。いいの。ほかの誰にも見えないから。元気を出して次に進もう。

今どこにあるのかな。その論文。

どこかのゴミ投棄場。

ほんとに？

ほんとに。

でも再現できるよね。

できる。でもしない。

お兄さんもそれでいいと思った？

いや。動揺した。

論文の内容をナンセンスだと言ったのに？

ナンセンスだとは言わなかった。議論は形式のことから構造のことに移ってそこから数学そのものを疑うところまで行ってたから。

きみが何を追求していたのか今一つわからない。

そうでしょうね。それは最終的には形態や形式の性質を探究することは結局のところ何をしてるのかというような問題にまでおりていったのよ。最後のセクションは「ザ・プレスティージ」という題だった。末尾に証明終わり《Q・E・D》の結語はなかった。

それは数学用語かい？　〝プレスティージ〟というのは。

そうじゃない。魔術《マジック》ショーの三番目の部分のこと。鋸で真っ二つに切られたと思った女性が無事な姿で現われて観客におじぎをする段階を表わす言葉。

数学を魔術に喩えたわけか。

そう。

でも数学を魔術だと考えてはいないよね。

理解してないのなら魔術だと思う。学ぶにつれて魔術じゃなくなっていく。ところがやがて絶対に理解できないとはっきり感じるようになって数学は再び魔術になる。ほとんどの人は自身のデーモンと折り合いをつけるようになる。すべての人がじゃないけど。ユングがある症例の異常な精神状態についてそれ自体は病気ではなくもっと深刻な精神状態に陥らないための防衛策であるかもしれないと言った。死なないかぎり意識はゼロにならないことをわたしたちは知ってる。ユングがブルクヘルツリ精神病院にいたとき一人の重い病気の患者が昏睡状態で運ばれてきた。でもそのうちその患者はベッドの上で上体を起こせるようになって看護婦たちにあれこれ命令しだした。男が全快するまでこんな状態が続いた。健康を回復した男はまた眠りについた。そして二度と眼醒めなかった。これが本当の話かどうかは知らない。たぶん実話だろうと思う。この話がとても理知的でユングらしからぬものだというほかに理由がないとしても。ユングなんて医大の入学試験で数学をほかの人間に受けてもらったような人だから。ともかく答えはイエス。彼は遣わされてきたとわたしは思ってる。それ以外の考え方は筋が通らない。

ごめん。なんのことだかちょっと。

〈キッド〉のこと。

ああ。そうか。それで誰に遣わされたんだろう。

わからない。彼はほかのどんな現実についての深い疑問と同じぐらい謎の存在なの。あるいは数学と同じぐらい。そのことで言えばね。名前のない虚空のなかで回転する形態。計算不可能なものの黒い海から引き揚げられた存在。もう時間ね。

Ⅵ

お早う。

お早う。

今日は様子が違うね。

生気のない青い顔。遠い眼つき。あなたもちょっと気が立ってるみたい。

危うく遅刻するところだったんだ。道路が混んでいて。

あなたは自分のことをあまり話さないよう気をつけてる。私生活を明かさないように。もう少し党の方針から自由に振る舞ったらどうかな。

ふうむ。でも結婚していることはもう話したよね。同じ女性と二度。子供は二人。ほかに何を知りたい。

娘さんの名前は何。

レイチェルだ。

素敵な名前ね。悲しい名前でもあるけど。今何歳？

九歳。

どんな子？

悲しい子供ではないな。

まだ今は。

変なことを言っていると自分で思わないかい。

子供の名前はこうなってほしいと願ってつけると思うの。ドリーという名前だったらどういう子になったかしらね。レイチェルは思慮深いでしょ。

思慮深い。そのとおり。

背が高くてほっそりしている。髪は暗い色。頭がいい。猫が好き。弟に厳しい。でも弟が怪我をしたときは別。真っ先に駆けつける。

サーカスで千里眼のショーをやれそうだね。

いつか会えるかもしれない。ここへ来たことはある？

いや。ないと思う。うん。ないな。

じゃあ質問どうぞ。

ぼくの番ということ？

そう。

わかった。今まで誰にも話したことがなくて今話してもらえることはあるかな。

どんな精神分析医にも話したことがないことでいい？

それでいい。精神分析医に限ろう。

うんとあるけど。

ある程度重要な意味を持つものだけでいい。きみが今までに考えたこと。訊こうかと思ったことはあるけど一度も訊いてないこととかでも。

わたしたちは時間切れになりかけてると思ってるのね。

どうだろう。そうなのかな。

わからない。

個人的なことでなくてもいいよ。きみのことでなくてもね。

じゃ誰のことを話すの。

なんでもいいんだ。きみがこうしようと決めたこととか。気づいたこととか。

気づいたこと。

そう。

おかしな言葉ね。〝気づく《リアライズ》〟の文字通りの意味はもちろん〝現実のものにする〟。もしわたしがあなたに途轍もない大嘘をついたら？

なぜそんなことをする。

しない。もしもしたらという話。あなたはわたしの言うことをなんでも信じる傾向にあると思う。

ぼくはきみを信じすぎる？　お人好しなのかな。

いや。ちょうどいいみたい。

話を続けて。

わたしは旅に出た《オン・ザ・ロード》。地理的な意味で（on the road は〝開始する〟などの意味にもなる）。二カ月ほど車で国中をあちこち回った。サービスエリアで食事をしてシャワーを浴びてほぼ毎日車のなかで寝た。

その頃は数学をやっていた？

いや。本をたくさん読んだ。ボイシ（アイダホ州の州都）なんかで安いモーテルに泊まって引きこもった。車はショッピングモールの駐車場に駐めておいてバッテリーのケーブルを持ち歩いた。

そのポイントは何。

それがポイントよ。本は一日に四五冊読んだ。読みたい本のなかには絶版で手に入らないものもある。だから大学の学生証を偽造して図書館の利用カードを手に入れた。四十年ほど誰も借りてなかった本を読んだりした。

その頃ボビーはどこにいた?

知らない。国中を車で走って金貨を現金化してたと思う。

〈キッド〉は?

ときどき現われた。たいてい少し機嫌が悪かった。わたしはどこかのホテルの部屋で眼が醒めてどうしてそこにいるのかわからないことがあった。服を着たままベッドに寝てた。〈キッド〉が行ったり来たりしながらぼくたちにはあまりお金がないけどとりあえずここにいようみたいなことを言った。ぼくたちは鳴りを潜めていなくちゃいけない。いろんなことをよく考えるんだ。わたしはジョン・デリンジャーになった気分だった。いろんなことって何? なんの話をしてるの? それからわたしは何日も身体を洗ったり物を食べたりしてないことに気づいた。車がどこにあるのかもよくわからない。階下《した》におりて表の通りに出てみると暑い。もう午前の半ば。角の新聞販売スタンドへ行ってみるとマイアミ・ヘラルドを売ってる。よし。これを出発点にしよう。部屋に戻ったら〈キッド〉はもういなかった。ベッドにもぐりこんで上掛けを頭までかぶった。何もしなくていい。チェックアウトの時刻まではまだ何時間かある。誰もドアをノックしなかった。宿泊料は一週間分払ってあるようだ。午後になって外に出たら自分の車がパーキングメーターのところに駐めてあるのを見つけたけどフロントガラスに駐車違反のステッカーが貼られてた。わたしは次々といろんな通りに車を移した。次々にメーターを替えて。次々にステッカーを貼られて。小さな食料雑貨店でトマトやらチーズやらを買った。ロールパンとかも。また部屋に戻ったら〈キッド〉はほんとにいなくなってしまったみたいだった。考えてみれば万事快適というところ。変な時間に酔っ払いがドアを叩くことを別にすれば。カンザス州のトピーカではホテルのフロント係があなたは商売女なのかとずばり訊いてきたからその男にわたしをようく見てからもしわたしが売春婦ならこんなくそ溜めで何をしてるのかと考えてみてと言ってやった。

そしたら相手はなんと言った？

なるほどって。

その生活を続けていてどうなると思っていた？

どうなるかわからなかった。この病院に入ることになるかもしれないとも思った。一度ここの駐車場で車中泊をしたことがあった。朝になったら出発したけど。

友達や知り合いはいなかったの。どこの場所でも。

いなかった。

ハイスクールでは友達がいなかったと言ったね。

最終学年で級長に選ばれたけど。でもみんなはただ何が起きるか見てみたかっただけだと思う。

何が起きた？

何も。大学に進む準備中だったから。そのときはまだ十四歳だった。

お兄さんはきみが共感覚者だと知っていた？

ええ。そうなのかと訊いてきた。

訊いてきた？

ええ。

なんでまた訊いてみようと思ったのかな。

ボビーは頭がよくていろんなことを知ってるから。わたしがそうである可能性が高いのがわかったの。共感覚の子供はほかの子供に変な子だと思われるのを知ってるから秘密にしがちだということも知ってた。

お兄さんは共感覚者？

いや。少しだけそうかもしれないけど。いくつか逸話はあるけどそれは兄の人生の大事な一部じゃない。ともかくそのあとで兄には全部を話した。

〈キッド〉のことも話したと。

ええ。そのあとの夏に兄は家に帰ってきて夏中家にいたけどそれは最良の時だった。最後の最良の時だった。わたしはその秋からシカゴ大学の特別研究員《フェロー》になることが決まった。家にいる兄とわたしはデートをしはじめた。

デートをしはじめた？

ほかになんと呼んでいいかわからない。毎晩二人で出かけたの。

二人で出かけた。

ノックスヴィルの場末にある安酒場《ホンキートンク》というやつによく連れていってくれた。〈インディアン・ロック〉とか。〈ムーンライト・ダイナー〉とか。わたしは安娼婦《フルージー》みたいな服を着て踊りまくった。ボビーはバンドに加わって演奏した。ブレイクダウンの曲をマンドリンで。わたしはみんなに夫婦だと言った。喧嘩が起きないように。わたしは夫婦のふりをするのが好きだった。この話ほんとに聞きたい？

聞きたいと思うけど。なぜ？

話がちょっと淫らになるかも。

きみは何歳だった。

十四歳。ちょうど。

お兄さんとの関係を夫婦だとみんなに言っていたの。

まわりの人たちは兄だと知らなかったから。ほとんどが。

お兄さんはなんとも思わなかったのかな。

たぶんね。冗談のつもりだったから。

やっぱりこの話を続けてほんとにいいのか訊いたほうがよさそうだ。

やりかけたことはやり抜こうよ。

でもきみにとっては冗談じゃなかった気がするから。

ええ。

それに何かつけ加えたいことは。

わたしは兄と結婚したかったということだけ。たぶんあなたが推測してたとおり。ずっとそういう気持ちだった。そんなに複雑なことじゃないの。

お兄さんと結婚したかったと。

兄の妻になりたかった。そう。

なるほど。

ほんとに納得してるのかな。とにかくこれで秘密は明るみに出たわけだけど。

お兄さんにそのことは言ったの。

ええ。

あなたと結婚したいと。

そう。結婚してと頼んだ。

お兄さんに結婚してと頼んだ。

ええ。

真剣だったんだね。

とても。

お兄さんはなんと。

酔いを醒ませって。

お酒を飲んでいたの。

いや。わたしはお酒を飲まないから。比喩的表現。

きみはその願望になんの問題もないと思っていたのかな。

世間に受け入れられないことはわたしたちの問題じゃないと思ってた。兄がわたしを愛していることはわかってた。兄はただ怖がっていただけ。わたしはこういうときが来るのをずっと前から知ってた。わたしにはほかに行き場所がなかった。わたしは二人でどこかへ逃げなくちゃいけないことを知ってたけどそういうことはまるで気にしてなかった。わたしは車のなかで兄にキスをした。わたしたちは二回キスをした。一回目はごく軽く。兄は今のはなんでもないキスだというようにわたしの手をぽんぽんと叩いて前を向き車のエンジンをかけようとしたけどわたしは手を兄の頬にかけてこちらに向かせもう一度キスをしてすると今度のキスはなんでもないキスじゃなくて兄は息ができなくなった。わたしも息ができなくなった。顔を兄の肩につけると兄はこんなことはできないと言った。わかるだろうできないんだと。わたしはそんなのわからないと言いたかった。言うべきだった。わたしは兄の頬にキスをした。兄の意志が固いことをわたしは信じなかったけどわたしの思い違いだった。わたしたちは二度とキスをしなかった。

これはまじめな話なんだね。

そうよ。

問題の夜が来る前にきみはこのことすべてに決心を固めていたと。

問題の夜。そう。わたしはもう何年も前から知ってた。待つのはかまわないと兄に言った。それから泣きだした。泣くのをやめられなかった。

お兄さんが結婚してくれると本当に思っていたのかい。

ええ。思ってた。兄はしてくれたはずよ。

結婚してどうするの。外国で暮らすとか。

そう。

結婚相手ならほかに見つかると思わなかった？

ほかの人なんていなかった。これからも出てこない。兄にとっても同じなの。そのときはまだそれを自覚してなかっただけ。

お兄さんに恋していると気づいたときにきみは何歳だったの。

たぶん十二歳だったと思う。もう少し下かな。下だった。学校の廊下で。

そして以後一度も振り返らなかった。慣用表現を使えば。

説明するのはそう簡単じゃないけどわたしには代わりになる物の見方がないのはかなり明らかだった。わたしは遠くの大学にいる兄が家に戻ってきたときだけのために生きてた。クリスマスとかそういうときのために。

そして問題の夜にすべてを打ち明けたと。

ええ。

お兄さんがどう言うか予想できなかった？

そんなことはどうでもよくて。とにかく始める必要があった。

お兄さんからはほぼ拒絶された形だけどきみのほうでは何も変わらなかったわけだ。

そういうこと。わたしが誰と結婚すればいいと思ってるのか訊いてみたけど兄には答えようがなかった。おまえはまだ十四歳じゃないかとしきりに言ったけどわけのわからないことを言ってるのは兄さんでわたしじゃないと言い返した。わたしたちのどちらかが死んだらどうする？　永遠に生きる人なんていないのよって。

そのときお兄さんはいくつ。

二十一。

ガールフレンドはいなかったの。

作ろうとはしたらしい。でもできなかった。わたしは嫉妬しなかった。兄にほかの女の子たちと付き合ってほしかった。兄に自分の置かれている状況の本当のところをわかってほしかった。

お兄さんのほうもきみに恋しているということを。

そう。彼の骨の骨（旧約聖書『創世記』第二章第二三節で自分の肋骨から作られたイヴを見たアダムは〝此こそわが骨の骨わが肉の肉なれ〟と言った）を。残念。わたしたちは地上最後の二人みたいだった。わたしたちは地中のおびただしい死人たちの信条や行動を踏襲するか自分たちだけの新しい基準で生きていくかを選べる。思案する必要なんてある？　なぜわたしに愛する人がいちゃいけないの。兄にもなぜそういう人がいちゃいけないの。もし愛し合える人がいないとしたら自分の心のなかで何が正しいか正しくないかを知る方法すらなくなってしまうとわたしは兄に言った。心に真実を持っていてもほかの心が共鳴してくれなければそれを持ってると思えない。自分の存在に価値があってもそれが誰かの心に映って見えるのでなければ価値があるとは思えない。それに愛し合える人がいなかったらわたしが死んだあとで誰がわたしのことを語ってくれるの。

すまない。きみを泣かせるつもりはなかった。

あなたが泣かせたわけじゃない。

もうここでやめたいかい。

いいえ。

ほかに何を話したい。

わたしは兄にあなたの子供が欲しいと言った。

お兄さんにあなたの子供が欲しいと言った。

ねえ。そんなふうに鸚鵡返しで発言のおぞましさと異常さを浮き彫りにしようとしても無駄よ。あなたにはわたしの見ている世界は見えない。この眼を通して見ることはできない。絶対に。

それはそのとおりだと思う。

わたしは兄にわたしはあなたに恋していてそれは昔からそうだったしこれからも死ぬまでずっとそうであなたがわたしの兄なのはわたしのせいじゃないと言った。これはちょっとした運の悪さだと見ることができる。だから兄さんは放棄するべきだって。

放棄する？

そう。兄であることを放棄する。

それはどうすればいいんだろう。

さあ。その場で三回まわってこの血の絆を否認すると言うとか。

そしてきみと結婚する。

そしてわたしと結婚する。そう。もっとも実際にはもっと生臭い話になると言ってもいいけど。

お兄さんとセックスしたがっていたという意味？

そういう意味。

近親相姦の烙印もきみにはなんの意味もないわけだ。

わたしに何を言わせたいの。わたしは悪い娘《こ》ですって？　ウェスターマーク（一八六二年〜一九三九年。社会学者・人類学者。幼少期に同じ環境で育った相手には長じてから性的興味を抱くことが少ないとする説を主張）が何を言おうとわたしにはなんの関係もない。わたしは兄とそれをしたかった。ずっと前からそうだった。今でもそう。この世界の本当におぞましいことと比べたらたいしたことじゃない。

でもそこから生じるお兄さんの苦悩は見えていたはずだけど。

わかってる。わたしはただ兄が正気の判断をしてくれることを期待しただけ。ずっと前から知っていたことを突然理解してくれることを。兄にショックを与えて独り善がりの状態から引き出そうとしたんだと思う。わたしは兄の手を握った。家に向かう車のなかで兄にぴったり身を寄せて頭を肩にもたせかけた。わたしは恥知らずな行為をしてたんだと思うけど恥の感覚なんか気にしてなかった。自分にはたった一つのチャンスとたった一つの愛があるだけだと知ってた。それに兄の気持ちについてのわたしの考えは間違ってなかった。それは兄がわたしを見るときの眼でわかった。

とても自信があるんだね。

ええ。春休みに二人でアリゾナ州のパタゴニアに行ってそこのインで眠れずに兄の部屋へ行きベッドに腰かけたとき兄はわたしを抱いてキスをしてくれるだろうと思ったけどしてくれなかった。その夜に初めて知ったのは性欲が最悪の状態まで高まると激痛に近くなるということだった。夕食のときに何かが変わったと思ったけど変わってなかった。もしわたしが死んだら兄は自分のせいだと思うだろうと不安になったけどその不安はこの先消えることはないんだとわかった。以前ある友達が成就することのあり得ない愛を選んだ人間は消えることのない怒りにつきまとわれることになると言ったことがある。

きみは怒りを感じている？

わからない。人間の悲しみのすべては不正に原因があるとする主張が可能なことは知ってる。悲しみは怒りが燃え尽きて無力だとわかったときに残るものだということも。

ちょっとお茶でも飲もうか。

そんなにひどい？

まあちょっと待っててくれないか。

ゆっくりどうぞ。あなたのノートを読んでるから。

―――

大丈夫？

大丈夫。

よしと。きみが無一物《むいちもつ》だという事実についてだけど。

ええ。

あらゆるものを捨てていくのは死に備えるための一つの方法なのかな。

死に備えるための方法があるとは思えない。何かでっちあげなくちゃいけない。死ぬのが上手ということに進化上の利点なんてない。その形質を誰にも残せないから。ここで重要になるもの――時間――これはこちらの思いどおりにならない。どんどん少なくなっていく。存在はだらだら漏れ出して地面にこぼれる。だから急ぐ必要がある。でも急ぐこと自体が保存しておきたいものを消費してしまう。取り組まなくちゃいけない相手なのにその相手と取り組めない。あまりに難しすぎる。

異論はない。そう思う。今のきみみたいに詳しく言えないけど。あるいは言わないけど。

詳しく。それは〝ヒステリックに〟の言い換え？

そうじゃない。きみはお兄さんがカーレースをやったことを死の願望とは捉えないんだったね。

ええ。わたしは陳腐な発想が好きじゃない。

きみは物理学者で登山をする人は多いと言ったね。

言った。でも兄は登山に何も感じなかっただろうと思う。

どうして。

高いところが怖くなかったから。登っても意味がなかったはずよ。

お兄さんは何が怖かった？

深い場所。

猛スピードで車を運転することは。

それを怖がるレーサーに会ったことがない。みんな事故はほかの人間に起こるものと思ってるの。レースの世界には人を殺すのは速く走ることじゃなく速く停まることだという意味の格言がある。誰も話題にしないけど事故は常に起こる。二年前にモンツァ・サーキットで撮られたニーナ・リントの写真があるの。お洒落な服を着てコースを見てる。夫が事故で死んだばかりだけど彼女はまだ知らない。ボビーとわたしはジュネーヴにある夫妻の家に遊びにいったことがあった。居間の壁には逆様にしたF2のレースカーがとりつけてあった。彼女はモデルでとても美しかった。フィンランドの裕福な一族の出だった。ヨッヘンとニーナはとても愛し合っていてわたしは強い嫉妬を覚えた。わたしって馬鹿ね。彼女とは唯一重要な意味で姉妹のような関係になる運命だなんて知らなかった。

きみはボビーのことになると恥知らずになると言ったね。どれくらい恥知らずになるんだろう。

どのくらいまで煽情的な話を聞く覚悟がある？

さあ。どのくらいまで行くのかわからないから。

わたしが見た夢のことを兄に話したの。

夢。

そう。

親密な場面の。

そう。

お兄さんの反応は。

だいたいあなたの予想どおりよ。

ぞっとしたと。

そう感じる理由はあった。と思う。

特別に露骨だったと。

ものすごく露骨だった。

きみはお兄さんについて頻繁にそういう夢を見たのかい。

いいえ。ほとんどの場合二人がいっしょにいるところの夢だった。いっしょに暮らしている夢。結婚した夢も見た。今はそれほど見ない。それほどは。それは悲しいことだと思う？　たぶん思わないわね。

　自分がどう思っているかわからない。

わたしたちは森のなかの小屋にいた。父が住んだ小屋と似てたかもしれないけど場所は湖畔だった。

このウィスコンシン州のどこかじゃないかとも思う。季節は秋で暖炉に火が入っていて地面には雪が
積もってたかもしれない。はっきりしないけど。大きな石造りの暖炉でベッドからも揺らめく火が見
えてあちこちに蠟燭が点されてた。

　この夢はいつ見たの。

二年前。続けていい？

ああ。

あちこちに蠟燭が点されていてわたしたちは裸で彼がわたしの脚のあいだから顔をあげて微笑むと
蠟燭の明かりを受けたその顔が愛液で光りそこでわたしは眼が醒めた。オーガズムで眼が醒めた。

それをお兄さんに話したと。

そう。

彼はなんて言った？

こう言った。おれにそういうことを言わないでくれ。そういうことは二度と言わないでくれ。

それで。

それでって？

きみはなんと答えたのかな。

もう言わないって。そして実際言わなかった。

そのことできみはどう感じたんだろう。
夢のことで？
そう。
残念だった。
お兄さんに話したことを後悔した？
いや。夢だったのが残念だった。それだけ。疲れた。
わかった。次は水曜日でいい？
さあ。いやそれでいい。じゃ水曜日に。

Ⅶ

調子はどう。
まあまあ。
そのセーターは初めて見るけど。
これは借り物。
コートは持ってないみたいだね。
どこにも行かないから。
持ってきてあげてもいいよ。
じゃあお願い。オーバーシューズは？
いいよ。その髪はどうしたの。
レナードに少し切ってもらった。
何を使ったんだい。
そんなにひどい？
鋏をどこで手に入れたのかなと思って。

それは言えない。

わかった。前回の録音を聞いてみたよ。

どうだった。

ふと思ったんだが患者がある内密の話をしてくれたとき――セラピストは自分が新しいレベルの信頼を勝ちとったと考えたがるかもしれないけど全然そうじゃないかもしれないんだね。

じゃどういうことなのかな。あなたの考えでは。

その患者はセラピーによって何かもっと知られたくない別の内密の事柄が顕になりそうだと恐れたのかもしれない。まあきみの場合はそれを想像するのが難しいけど。

本当に知られたくないことを隠すために知られたくないことを話すと。

そういうようなことだ。

精神分析っぽい響きがちょっとある。

そうだね。実を言うとぼく自身がそういうことを前に言ったことがあるんだ。

それはともかくあなたの患者が狡猾であることがわかった今どういうおぞましい話を彼女は隠していると思う？

わからない。きみは何を持ってるんだ《ホワット・ハヴ・ユー・ガット》。

『乱暴者《あばれもの》』のマーロン・ブランド。

え？

彼の台詞。それはいいけどなぜわたしがそれを言うと思うの。言わないために策を弄したんでしょ。

きみは今でもお兄さんとの親密な関係を想像する？

兄はもう死んでる。

気の毒なことだと思う。ＩＨＥＳをやめたのはそれが理由だったのかな。いや。まあ。もちろんそうか。そうだろうね。たぶんぼくが訊きたかったのはまた戻る気があるかどうかだ。

ない。

ドイツ語はどこで覚えたの。

ドイツで。

訛りのないドイツ語だね。

どうしてわかる？

少なくともぼくの耳にはそう聞こえる。祖母がドイツ語を話したんだ。ドイツ語とイディッシュ語を。

わたしに興味を持ったドイツ人のドライバーがいたの。

その人とは恋人同士だった？

いや。でもボビーはそのことを知らなかった。わたしは兄さんには関係ないことだと言ってやった。兄が自分の気持ちを偽ってることを直視してもらいたかったから。

お兄さんは嫉妬したわけか。

そういうこと。

ドイツは好きだった？

ええ。自分でびっくりするくらい。ほかの何語よりもドイツ語の勉強を一生懸命やったと思う。十種類くらいの色別のノートを使って。冠詞がけっこう面倒で。ドイツは決まりごとにすごくやかましい社会ね。こういうときはこうするこう言うというのをノートに書き留めた。

きみの友達はその頃にはもうＩＨＥＳをやめていた。そうだね？

ええ。

でも数学をやめたのはそのせいじゃないと。

そう。どのみちやめてた。

やめたのが惜しい？

故人を惜しむのと同じよ。惜しんでも帰ってはこない。古い基本的な問題はたぶんこれからも夢に出てくると思うけど。計算の世界に未練を感じることはときどきある。問題を解く作業をね。何日も取り組んだあとで不意にぴたっとすべてが嵌まったときは迷子になってたペットが雨の降る戸外から家に入ってきたみたいな感じ。ああいたのねと思う。心配で堪らなかったよって。見直しもほとんどしない。ちゃんとわかる。これで正しいって。もう楽しくて仕方がない。

自傷行為をしたことはある？

自傷行為をしたことがあるか。

そう。

あなたはほんとに変わってるね。自分で知ってた？

いや。きみの自殺についての空想のこと。どの程度話し合ったっけ。

知ってても教えない。

きみが後ろめたく思っていることは何？

生まれたこと以外でということね。

以外で。そう。

まず言っておかなくちゃいけないと思うのは人が自殺するのは後ろめたさに駆られてだということを強く疑ってることなの。わたしたちってそんなに高潔なのかな。

〈キッド〉にさよならを言ったときのことだけど。

うん。

彼は自分に会えなくなると寂しいかときみに訊いたんだね。

ええ。

きみはなんと答えた？

なんと答えていいかわからなかった。悲しみで息が詰まった。そんなことは予想していなかった。でももう二度と彼に会うことはないんだね。

ない。

こう訊くのはあれだがなぜそうはっきり言えるのかな。何年の付き合いだったっけ。

八年。オグドアド。

オグドアド？

グノーシス主義の年の数え方。

彼が何を表わしていたのかははっきりとはわからないわけだね。

彼が表わしていたのは彼自身だった。彼は独立の存在であってわたしの存在の一部じゃなかった。わたしにわかったのはそれだけ。今の言葉をあなたがどう解釈するにせよ。わたしがかかったカウンセラーは一人残らず彼を殺そうとした。

最終的にきみは彼を好きになったんだね。

彼は小柄で虚弱で勇敢だった。幻像の内面生活とはどういうものなのか。彼の考えや疑問は彼自身から生まれるのか。わたしの考えや疑問はわたし自身から生まれるのか。彼はわたしが創り出したものなのか。わたしは彼が創り出したものなのか。わたしは彼が鰭でいろんなことをなんとかやってのけるのか。

けるのを見たけど彼はそれをわたしに見られるのを恥ずかしがった。あの喋り方やいつも行ったり来たりする動き。あれはわたしが考え出したものなのか。わたしにはそんなものを考え出す才能なんてない。あなたの質問には答えられない。見張りに立って審問と対峙するトロールやデーモンの伝統は言語と同じくらい古い。それでも友達というのは手で触れられる相手のことかもしれないと思う。わからないけど。わたしはもう現実についての意見を持ってないから。前は持ってた。今は持ってない。世界の法則の第一はすべては永遠に消え去るというもの。その法則を受け入れるのを拒む者は夢想の世界に生きていると言えるぐらい。

　頭蓋内圧《ICP》測定はやった？　その記録がないけど。

やってない。たぶんやることになるんじゃないかな。そこへ行くことになると思う。わたしの大口叩きの秘密もわかるかもしれない。

　ぼくはきみの担当医だから気になっているだけだ。症状が特に変わることはないだろう。ただきみがどういう状態にあるかがもう少しわかるかもしれない。

　わたしはともかくある程度のプライバシーが欲しい。監視係はどこへでもついてくる。シャワーを浴びるところも見てる。履物ははいちゃいけない。どうもわたしは不愛想な看護婦さんを引き寄せるみたい。

　そのことはちょっと考えておくよ。

　また薬物療法に戻ったらどうなるかな。

その気がある？

ない。

いくつかプランを検討してみてもいいね。

先生方は診断がつかないのに薬を処方するのよね。

じゃどうしてこの話題を持ち出したんだい。

あなたが薬の名前をすらすら言えるか見てみたかっただけ。リチウムはもちろん最後のほうに来る。特許がとれないから。そういう薬では儲からない。なんてことはさておいて薬剤の名前はすばらしい。デパコート。セロクエル。リスペルダル。まったく。誰がこういうくそみたいなものを作り出すのやら。

きみは自分が薬で病気にされているという陰謀を信じているのかな。

いや。それはほんとに信じてない。なぜわたしがあなたを困らせるの。夢は脆弱なもの。薬で夢を現実の存在にできるならまたそれを薬で消すこともできるはず。

これはカウンセラーたちの言うきみの難しい側面なのかな。

精神病の患者に何期待してるのと訊いてみたらいいんじゃない。それはともかく結局のところわたしはほぼ患者ですらないのよ。彼らはそれでも難しいお医者さんたちだけど。

きみは医者たちをより効果的に混乱させるために文献を調べたんだね。

何も調べてなんかいない。何を調べるっていうの。彼らが自分たちの研究成果によって混乱させられる可能性があるのならもうとっくに混乱させられてるでしょ。

きみはおぞましい夢から醒めることについて話した。これは堪らないというような夢を見たことはある？

怪物を見たことはない。自分の頭を両手で持ってうろつきまわる化け物とかは。前から感じてるのは最悪のものは形に表われるものじゃないってこと。いろいろなものを組み合わせてさあこれだと見せられるものじゃない。それは部分を持たない。

それはずっとそこにあるものだろうか。

そうじゃない。それにすべてのものは単純に消えてしまうことがある。今もどんどん消えていく。ときどき冬に暗闇のなかで眼を醒ますと怖い感じのするものが全部離れて夜のなかにそっと消えていってわたしは窓ガラスに雪が吹きつける部屋でただじっと横になってるだけだった。ランプを点そうかとも思ったけどそうはせずにじっと静寂に耳を澄ましてた。静寂のなかの風の音に。今はあの汚れたナイトシャツを着た患者たちが廊下で車輪付き担架に寝て壁に顔を向けてるところを見ると人間であるとはどういう意味なのか考えてしまう。そこにわたしは含まれるだろうかって。

含まれたいと思う?

前は含まれたいと思った。でも入場料を払いたくなかった。調子のいい時期にはわたしたちは同じ生き物だと認めることすらできた。おおむね同じで違いは少ししかない。同じありそうもない形態。肘。頭蓋骨。魂の残骸。

そういう感傷的な言葉を聞くとは意外だ。

動物に精神病はないようね。あなたはなぜだと考える?

わからない。でもきみには何か考えがあるんだと思うね。

なぜそう思うの。

そちらから問題を提起してきたから。きみは弁護士みたいだ。

弁護士は自分で答えを知らない問いを人に向けないと。

そう。それはともかく犬は狂犬病にかかるけどそれはどうだろう。

狂犬病は精神病じゃない。脳の病気。

面白い区別だ。まあいい、なぜだろうね。頭が充分によくないから?

理由はそれじゃないと思う。鯨目の動物は知能がかなり発達してるけど精神障害はないらしい。狂気が生じるには言語を獲得してる必要があるんじゃないかな。

頭のなかで声が聞こえるために必要なんだろうね。

なぜかはよくわからない。でも言語の到来がどういうものだったかは理解する必要がある。人類の脳は何百万年ものあいだ言語なしでかなりうまくやってた。言語の到来は寄生生物の侵入にも似てる。脳の一番使われてない領域を勝手に使われてしまった。不法占拠を一番されやすい部分を。

寄生生物の侵入。

ええ。

まじめな話なんだね。

そうよ。内部的な指揮は生体システムが存続するために酸素や水素と同じように必要なもの。どんなシステムの管理法もシステム自体と同時的に進化する。瞬きをしたり咳をしたり命を守るために走って逃げようと決断したりするのもそう。どんな能力も同じ歴史を持ってるけど言語能力の歴史だけは違う。言語能力が従う進化のルールはそれ自身の構築に必要なものだけ。このプロセスには瞬き一つくらいの時間しかかからない。言語はその途轍もない有益性のおかげであっというまに流行した。それはほぼ一瞬のうちにどんな遠くにいる人間にも広まった。孤立してるせいで独自の性質を保持しつづけた集団がいてもその孤立は言語の侵入を防ぐ役には立たなかったようで言語の形態もそれが脳のなかで居場所を確保した戦略もほぼ共通のものらしい。最も直接的に必要となるのは音を出す能力を拡張することとね。言語の使用は南部アフリカで始まったようだけどその必要性がおそらくコイサン諸語の舌打ち音の説明になるわね。名づけるべき物の数が使える音の種類より多いという事実が。なんにせよ言葉を発するための身体的能力が限られてることがたぶん言語発達の最大のハードルになった。咽頭が伸びて現在ではほとんど喉が詰まりそうな形になってる。そのために哺乳類のなかで人間だけが嚥下と発声が同時にできない。唸りながら物を食べてる猫を思い出して自分でそれをやろうとしてみるといい。ともかく行動の導きとなる無意識のシステムはとても古いものだけど言語は獲得されてからせいぜい十万年しかたってない。脳はこれが起こることを予想してなかった。無意識はこの徹底して容赦のないものとわかったシステムを受け入れるためにあたふたしたに違いない。それは寄生生物の侵入に喩えられるだけでなくほかのどんなものにも喩えようのないものだった。

大変な論述になってきたね。

興味深いのは言語が何かの必要性から生まれたものじゃないらしいこと。ある一つの発想なの。ルイセンコ復活というわけ。その発想とは前にも言ったけど一つの物が別の物を表わし得るということ。人間の理性が生物学的システムを攻撃して成功を収めたのよ。

進化生物学がそういう戦争の用語で論じられることってあったかな。無意識がわれわれに語りかけてこないのは長いあいだ言語を持たなかったからだろうか。

そうでしょ。無意識は問題を解くし答えをわれわれに教える能力を完璧に持ってる。でも数百万年の習慣はなかなか消えない。ケクレ、それは環なんだよと言葉で伝えれば簡単なのに。ストーブの前で居眠りをしてる彼の頭蓋骨のなかで蛇の環をくるくる回らせるという迂遠な手段をとった。だから夢はドラマや隠喩に満ちてるの。

蛇の環とはなんのことかわからないんだが。

ベンゼン分子の構造のことよ（ドイツの化学者アウグスト・ケクレは自分の尻尾をくわえた蛇がくるくる回る夢からベンゼンの環状構造を思いついたとされる）。でもそれは重要なことじゃない。

聞いていると落ち着かなくなるね。でもきみが言おうとしているのは言語の到来は大きな価値を持っていたと同時に破壊的なことだったということなんだろうね。

ものすごく破壊的なことだった。その価値と表裏一体の関係で。創造的破壊。いろいろな才能や技術が失われたはず。主にコミュニケーションに関する領域で。それから航海術やおそらくは夢の豊かさにおいても。最終的に言語というこの奇妙な新しい基準《コード》は世界の少なくとも一部を世界について語り得ることと置き換えてしまったに違いない。現実を意見に。物語を注釈に。

それに正気を狂気に置き換えてしまった、これも忘れないでほしい。

ええ。忘れないでおく。

それと普遍的戦争を出現させた。

出現させた。

なぜこの話題になったんだっけ。

いいのよ。もうやめても。

ほかには。

ほかにはって何が。

共感覚はいつ頃からあるんだろう。言語と何か関係があるのかな。

ないような気がする。かなり原始的なものじゃないかな。色、味、匂い。でも複数の感覚を混合するのがいい考えなのかどうか。生存にとって。

自閉症は？　もっと絞って賢い白痴《イディオ・サヴァン》は。

骨の髄まで言語がらみ。

骨の髄まで。

共感覚も言語的なものかもしれない。改めて考えてみると。アラビア数字の5を赤と感じる共感覚者はローマ数字のⅤも赤と感じるんじゃないかな。それなら彼らが赤と感じるのは数字の形じゃなくて概念としての数ということになる。どう思う？

きみは共感覚を持つことをほかの子供たちに隠していたんだったね。

隠しごとの一つだった。けっこう数があるなかの。あれは記憶に役立つのよ。

何が記憶に役立つの。

共感覚が。一つのものより二つのものを覚えるほうが楽なの。だから詩より歌の歌詞のほうが覚えやすい。たとえばね。音楽は言葉を組み立てるときの骨組になる。

ほかには。

うんとある。

ほかの子供たちはきみを変な子だと思っていたんだね。

彼らがただ思ってただけじゃないけどね。

じゃ彼らに同意していたわけだ。

わたしは彼らの立場から見ることもできた。

彼らのなかに数学が得意な子はいた？

いや。

少しばかりできる子も？

そういう子も。

ボビーは。

それは前にも訊かれたと思うけど。数学は得意だった。ただ充分に得意ではなかった。専攻を物理に変えた。わたしからそうしたほうがいいと言ったことはない。兄が自分で決めたの。兄は頭のなかで数字をいろいろに操作するのが得意だった。わたしよりも。それこそが数学だという人もいる。全然別のことを訊いていいかな。

もちろん。

わたし臭う？

なぜ。身綺麗にするのを怠っているとか？

そんなにひどい？

人に見られているとシャワーを浴びられないのかな。

シャワーは浴びてる。

病棟ではわりと普通のことだよ。患者さんは衛生や何かのことを怠りがちだ。

衛生や何かってほかに何があるの。

いやまあなんだろう。身嗜《みだしな》みのことで何か言われたのかい。

そういう記憶はない。でもときどき自分が大急ぎで家を出てきたみたいに見えるのは知ってる。前はお洒落をして踊りにいくのが楽しかった。でもあれは服装というよりコスチュームだから。

扮装だね。

そう。

ボビーのためにドレスアップしたわけだ。

たぶん。そうね。

すまない。

いいの。彼に見られてるのを見て泣きながら部屋を出ていったことが何度かあった。こんなふうに愛されることは二度とないんだということがわかった。二人でずっといっしょにいようと思っただけなのに。そういうことをもっと異常だと思うべきだったとあなたが思ってるのは知ってるけどわたしの人生はあなたの人生のようじゃない。わたしの時間。わたしの一日は。わたしは初めて二人がいっしょになるときのことをよく夢に見た。今でも見る。わたしは敬意を払われたかった。聖堂のようになかに入られたかった。

ほかのことを話したほうがいいかもしれない。

そうね。

きみはユングを少しばかり腐したけどフロイトはあまりわれわれの話題に出ないね。

わたしたちは若く《ユング》てたやすく喜び《フロイデンド》に満ちる。

それは何。

なんでもない。ジョイスの引用（『フィネガンズ・ウェイク』より。ジェイムズ・ジョイスの原文は、…they were yung and easily freudened）。フロイトが紹介したいろんな症例は面白いと思う。もちろん常に何かウケを狙う要素が臭うけど。『夢判断』は小説的になってない範囲内ではいい本。フロイトの人間の内面生活についての見方は揺れていたと思う。たぶんユングさえ凌ぐほど。でもそんなに複雑なものじゃない。二人ともイカレた理論をでっちあげる時間を減らして生物学的進化論をもう少し考慮に入れてたらシンプルな真実をいくつか発見してたかもしれない。

とはいえ彼らの理論も実際の観察に基づいているんじゃないのかな。

占星術と同じように。

それはまじめに言ってるんじゃないね。

かもしれない。まあ少なくともフロイトは夢とは何かを説明しようとしてないけど。

それはいいことだと。

そう。彼はそれを知らないから。実在しないもののカテゴリーを表わすために独自の用語体系を創りあげるのはなんらかの知的遺産を残したい人にとって特にいい戦略とは言えない。そういう理論を表わすのに何かうまい比喩があってしかるべきね。ゴミ捨て場で白くなっていく理論の骨とか。

数学にはそういう風化はないと。

ない。数学が消えるときは完全に消える。

とはいえ……

とはいえ。それでも。人生は厳しい。わたしはこれからも数学を愛しつづけるけどわたしは花崗岩なみの心を持つ頑固な懐疑主義者でわたしの懐疑は論理的探究では取り扱えない。語り得ないものについては。

現代数学のほとんどを支えている一つの原則みたいなものはあるだろうか。

これはまいるな。

すまない。

ううん。くだらない問いじゃない。ただわたしたちは答えを知らないというだけのこと。コホモロジーやカントールの不連続体の深いところのような事柄は推測されない諸世界の風味に汚されてる。わたしたちにはその全領域が交換の影響を受けない代数学の足跡が見える。行列理論はその起源の床の上にハッチング線の影を落としてるけどそこに刻印された影に行列理論はもう合わせようとしなくなってる。ホモロジー代数学は現代数学のかなりの部分を形作るようになった。でも最終的には計算理論の世界があっさり呑みこんでしまうでしょうね。

ゲーデルの業績はフロイトの業績と同じ運命はたどらないということだね。骨がどこかの地面で漂白されていく運命は。

プラトン主義者へのわたしの痛罵は過去のものよ。仮にそれができるとしても数学的真実の超越的性質を無視することにどんな利点があるって言うの。万人が同意するしかないことなんてこのほかには何もないそして最後の人間の眼のなかで最後の光が薄れて暗くなりそれと共にすべての思弁も永遠に消えるときこれらの真実が最後の光のなかで一瞬だけ光り輝くことすらわたしはあり得ると思う。冷たい闇がすべてを呑みこんでしまう前に。

休憩したいかい。

そうね。あなたがしたいなら。

煙草欲しい？

いや。わたしはいい。

まだわかってはいないんだよね。数学とは何かということは。

ええ。

いつかわかるだろうか。

いや。

きみの好きなゲーデルは筋金入りのプラトン主義者だったんだね。

そう。数学的対象は木や石と同じ実在性を持つと考えた。

奇妙な見方のように思えるけど。

奇妙な見方よ。ほかの数学者はゲーデルの見方を額面通り受けとったけどその見方は実在性そのものについての懐疑を反映していたかもしれない。わたしはと言えば6という数を見たことがない。数学的対象を構成しているものはなんなのか知らない。わたしの経験では数学的なものはすべて命令の形をとる。６の数的概念はまったく不活性。ゲーデルは常にプラトン主義者とは限らなかったけど事実を説明できるという理由だけで怪しい理論を受け入れた最初の数学者というわけじゃなかった。一九三一年の論文（不完全性定理の論文）以後の彼にとっては人間は普遍的真理マシンには受け入れられない考えを受け入れられることが明白だった。だけどなぜゲーデルが数学の抽象的概念を実在物とする見方に何も問題はないと考えることができたのかはわたしにはわからない。プラトン主義者は数学の起源についておおむね沈黙してるし人間のいない宇宙で計算にどんな効用があるのかについて驚くほど無関心ね。奇矯な思考は一般に思われてるよりずっと多く数学者のあいだに見られると思う。最終的にゲーデルは理神論に近い考え方をするようになった。といってもスピリチュアリズムに染まったわけじゃない。ピタゴラスにニュートンにカントールとそういう伝統があることはあるけど。カントールなどは超限数に超自然的な起源を見出していた。アレフ・ゼロ。アレフ・ワン。神秘主義は彼の業績認知を後押ししたはずがない。彼が考えた相対的無限の概念は一世代のドイツ人数学者がみんな死んだあとでやっと顧みられるようになった。宇宙は知性を持ってるのか。それが一番重要な問題ではないか。わたしの兄はそうでもないよと言ってた。一日の苦労は一日にて足れりということかもしれない。ゲーデルはすべての数学が同意する事項があると率直に述べたことはないけどそれに期待をかけてるのははっきり感じとれる。その誘惑はわたしにもわかる。永遠の滞《とど》まりの微光するパリンプセストが仄見えるから。数字を作れる知性のない宇宙になぜか数字が存在すると主張することは違う種類の数学を必要としない。でも違う種類の宇宙を必要とする。

そういう宇宙は存在する？

ゲーデルはほんとに奇妙な考えを持ってたのよ。時間を円環と捉えることは数学的に成り立つけどだからと言って死んだ祖父に会えることには絶対にならないとか。神についての考え方とか。わたしは彼のプラトン主義も同じ箱に入れておいた。でもそれはそこに留まらなかった。ゆっくりとわたしの頭に染みこんできたのは何しろ相手はゲーデルでいろいろお馬鹿な考えを持つことはあるにしても数学に関してお馬鹿なことを考えるなんて本当にあり得るだろうかということだった。

きみはどういう結論を出した？

結論はまだ考え中。

どっちの方向に傾いている？

少し後戻りして一九三一年の論文を二回読み直してみたことがあるのね。二回目に読み直したときにはその夢を見た。見たのは第二不完全性定理の論文の夢。眼が醒めると夢はどんどん砕けはじめた。夢とその夢の物語が。わたしにわかったのは夢のなかでわたしがある理解をしたことでその理解はただ贈り物としか言いようがなくそれが闇のなかでどんどん遠のいていくからわたしはベッドの上で体を起こして待ってと叫んだけどそれはわたしの頭のなかで粉々になってしまいそのあとでわたしは前とはまったく違うやり方でその論文の意義を理解するようになったにもかかわらず例の夢がその理解の一部になったのかどうかはわからないし今後もわかることはないいんじゃないかと思ってるの。

その夢に数は出てきた？

もちろんそこが問題よね。でも出てこなかった。夢はすべて理解から成り立っていた。

それはちょっとわかりにくい気がする。でもその夢は二度と見なかったわけだ。

その夢は二度と見なかった。

きみの物の見方は変わった。

そう。それまでの唯物論的な宇宙観に疑いを持ちはじめた。

その変化はゆっくりと起きたんだろうか。

さあ。ゆっくりととはどういうことかわからない。ゲーデルは世界観が変わる経験をした何人かの数学者について語ってる。それについて調べてみるべきかもしれない。ゲーデル自身はそういう経験がなかった。だから羨ましかったのかもしれない。わたしは例の夢はまだその辺にいると思ってる。わたしを再訪すべきかどうかを知ってると思う。あるいはわたしがあの夢を再訪すべきかどうかを。ゲーデルはみんなが自分の不完全性原理の論文を理解しないとよく愚痴るらしい。わたしは再読したときたぶん彼の言うとおりだとわかった。わたしも前はあの論文を理解してなかったの。

今は理解している？

理解の定義を言ってみて。

わかった。次へ進もう。きみは数学は無意識によってなされると考えるんだね。

ええ。意識であるわたしは数学を知らない。現われたときに書き留めようとするだけ。

それはちょっとした誇張じゃないかと思うんだが。

かもしれない。ちょっとしたね。なぜこのことに興味があるの。

きみが興味を持っているから。例の夢はどれくらい前に見たのかな。

おとといの夜。

またまた。

六カ月前。いや七カ月前か。

もしその夢が……なんだっけ。きみを再訪したら？　そしてきみがその夢を覚えていたら話してくれるかな。

どうだろう。まず見てからでないと。猥褻なものだったらどうする？

猥褻な数学。

そうよ。おかしい？

できみはどういう理解をしたの。

ゲーデルに関して?

に関して。

彼に見えたものが見えたと思う。あるシステムの限界を見つけることは単に限界を見つけることではない。その限界の向こうにあるものを見つけることだ。限界を見つけることはその手始めにすぎない。

限界の向こうには何がある?

この場合はずっと前からそうじゃないかと思っていたことが真実だとわかること。つまり数学には限界がないこと。尽きることがないこと。それについてはもう疑問の余地がなくなった。今は腰を据えて宇宙について考えなくちゃいけない。

きみは何を考えた? 宇宙について。

宇宙の探究は経験的材料の入手可能性が縮小していくなかで苦労して行なわなくちゃいけないということを考えた。研究しているあいだにも宇宙は遠ざかっていくから。

ではその探究をするために何を活用する。

われわれの唯一の手持ちの道具でしょうね。つまり頭脳。

なぜ頭脳にはその仕事ができると考えるのかな。

なぜならわたしたちはここにいるから。ほかの場所にいるんじゃないから。そしてほかに知るべきことは何もないから。ゲーデルの考えのいくつかは疑問をはさむ余地がない。わたしは彼のプラトン主義について考えたけどその結果それはフレーゲのプラトン主義とあまり変わらないと思った。もう一度調べてみる? あんまり意味はなさそう。わたしはもしかしたらこの二人が数学の基礎を作る業績をあげるのに役立った大胆さが別の探究でたわごとと区別のつかないものを生み出す原因になったのかもしれないと考えた。わたしはしばらくのあいだこの問題を脇に置いておいた。でもそれは脇で控えていようとしなかった。わたしはますますアリストテレスに不賛成になった。あのタブラ・ラサの人に似ているように思えてきた。わたしたちは生まれたばかりのときはまだ人間じゃないなんて単純に違うとわかるから。彼は人間の心が形相を持ってることを理解してるけどそれが何を意味するかを理解してないように思えた。心は自分の存在をも作れるはずなのよ。

意味がわからないな。

でしょうね。でもほかの言い方がわからない。わたしが理解したのは完全に絡めとられると二度と出る方法がわからなくなる可能性があること。さらに悪くすると出たくなくなるかもしれないこと。滞まり《abidement》か。そういう言葉はあるんだっけ。

ない。abide の正しい名詞形は滞留《abidance》。でも滞留は一般的な状態で滞まりは具体的な状態と勝手に区別してるの。この問題について数学者のあいだに一致した答えはない。わたしの新しい友達のチハラ（数学哲学者チャールズ・チハラ）は――たぶんゲーデルのファンでありながら間違いなくゲーデルの直感的信念を支持してない人だけど――生物学的有機体として見た数学者は基本的にみんなよく似てると言ってる。

つまり数学についての意見が一致していると言っているのかな。みんなよく似ているというのは。

ほとんどの数学者は今の発言のユーモアを摑み損ねると思う。それにその他のほぼすべてのことに数学者たちの意見が食い違うことをほとんど説明できてない。数学的直感は数学をするのに有効なだけで数学の実在性を説明するのには役立たないと言えるんじゃないかとも思うのね。

それじゃきみはその実在性をどう説明する？

できることはそれを指差すことしかないかもしれない。ヴィトゲンシュタイン以後は。数学の本体を成すのは問題であって答えじゃない。答えは問題のなかで想定されてる。

それは本当?

何が本当かわたしは知らない。でもたぶん今のことから答えは発見されるものだという感覚が説明できるんじゃないかな。

数学の問題を考えるときぼくたちはトートロジーのまわりをぐるぐる回っているんだろうか。

わりとうまい言い方ね。トートロジーのまわりをぐるぐる回る。

きみはそれでもゲーデルを崇拝していると。

とても。

きみの新しい友達は。

チハラね。

そう。彼も崇拝者だろうか。

だと思う。自然科学や数学の分野で若い頃にすごい業績をあげると思いがけない心労を背負いこむみたい。なかで一番大きいのは不安。チハラはそのことを知ってると思う。

不安? どういう不安。

間違ったかもしれないことへの不安。ディラックがある理論を考えてるときに反電子の存在が予想されたのになぜそれを公表しなかったのかと訊かれてなんと答えたと思う?

さあ。

純然たる臆病のせいだと。

ほかには。

ゲーデルに関して?

そう。彼はずいぶん重要な人物らしいから。

ゲーデルが一九三一年の論文を書いた動機はラッセルとホワイトヘッドの『プリンキピア・マテマティカ』を読んだことだった。ラッセルはあの本を全部読んだのはゲーデルだけだと信じていてゲーデルが見事に内容を把握してることに驚いた。もちろん『プリンキピア』は未完に終わった。ラッセルはあの本に問題があることを見てとってホワイトヘッドに刊行しないよう頼んだ。以来二人はほとんど口をきかなかった。当時のラッセルがホワイトヘッドの若い奥さんと寝ようとしつこく狙ったのも不仲の原因だったけど。当時のラッセルは交際の範囲が限られていて友人の妻と寝ないと寝る相手がいないと言ってた。

それは言ってないな。

言ってない。あるいはわたしの知る範囲では。それはむしろ彼の口には出さない行動原理だったと思う。ホワイトヘッドは自分だけで第四巻を完成させようとしたけど結局諦めた。何年かラッセルといっしょに仕事をしたことでプロジェクトの難度の評価が甘くなったんでしょうね。

ラッセルは本当に優秀な数学者だったと。

そう。

それでも彼はやめた。数学を。

ええ。

ヴィトゲンシュタインのせいで。

ほとんどの人が──ラッセル本人も含めて──ヴィトゲンシュタインのせいだと言ってる。でも本当の理由はラッセルが有名になりたがったことなの。数学ではそれが無理なのを彼は知ってた。もちろん彼は正しかった。そして有名になった。全世界で有名になって数限りない女と付き合えるようになった。その全部が友達の妻というわけじゃなかった。

哲学もやめたの。

本質的な仕事は。一般向けの本を書くようになった。宇宙を理解しようとするのは徒労だとわかってきたんだと思う。

光も闇も含まない宇宙。

確かさも平安も苦痛の救済もない。

暮れゆく平原がどうとかいうやつだね（マシュー・アーノルドの詩「ドーヴァー海岸」）。

そう。

みんなどうしてもっと科学に興味を持たないんだろうね。

科学が怖いのよ。教養のある人たちですら往々にしてイカレたものを好むでしょ。宇宙人だのヴェリコフスキーだの。空飛ぶ円盤だの。

イカレたもの。

そう。

ふむ。ゲーデルの話は以上かな。

ゲーデルは永遠だけど。

そう信じている？

いや。

わかった。ジャグリングはできる？

お見事。

何が。

ついにわたしの意表を衝いた。ジャグリングができるかって？

そう。

できる。初歩的な技は。テニスボール三つとか。でもなぜ。

きみが挑戦しそうなことだと思って。ほかにできることは。

さあ。たとえばどういうこと。

なんでもいい。

文章を逆から読める。鏡に映した文字が読める。鏡文字を使ったのは誰だっけ。レオナルド？　タイプで論文を書くときマージンを揃えられる。だからと言って内容がよくなるわけじゃないけど。レオナルドにはできなかったんじゃないかな。仮にタイプライターを持ってても。

どういうことかな。

タイプを打つとき各行の長さを同じにできるの。印刷した本みたいに。

どうやったらできるんだ。そんなことは不可能だろう。

行が正しい長さで終わるように言葉を選んでいく。

タイプを打ちながら。

タイプを打ちながら。そう。

手をとめて考えたりはしない。

しない。どんどん打つ。

まあきみを信じるしかないだろうね。

ちょっとした技よ。でも覚えないほうがいい。癖になってやめるのが同じくらい難しいから。

相変わらず生理は来ないようだね。

うへえ。

うへえ？

男はその話題が好きよね。わたしのファイルにあるんだろうけど。

きみの診療記録に、そう。

詮索屋《ノージー・パーカーズ》たち。

きみはイギリス英語をよく使うね。イギリスに住んでいたことがあるの。

いや。

運動はよくする？

以前は散歩が好きだった。

きみはとても痩せている。

わかってる。食べることは好きじゃない。

これはある同僚と話していたとき話題になったんだが過剰な精神的活動は過剰な身体的活動と同じような効果をもたらすんじゃないかな。

生理がとまるとか。

そう。

興味深いわね。高度一万四千フィート以上だと生理はとまるらしい。

それは本当？

知らない。何かで読んだ。時間は十三分あるけど。お茶なんか飲める？

もちろん。ちょっと待ってて。

英国式朝食用の紅茶《イングリッシュ・ブレックファスト・ティー》（ブレンド紅茶の種類の一つ）。

胡散臭そうに言うね。

別に。

粉末のクリームしかないけど。

それでいい。

友達のレナードとはよく会うのかい。

ときどきお喋りする。会いにいったそうね。

ああ。

何を訊きにいったの。

まあきみのことかな。

別にいいけど。彼と話すのは面白い人だから。それに頭がいい。ナーベン（統合失調症の治療薬）を服用してる。

服用している薬のことは知らない。

ナーベン族なの。わたしたちはよく同じことで笑う。理由は同じでないこともある。

きみから見て彼は安定している？

レナードにしては安定してる。

彼はなぜここに入ったんだろう。そもそもの初め。

自宅を焼いて逃走したのよ。森のなかで発見されたとき何を言っていいかわからなかったから訳のわからないことを喋りだした。

きみは彼におかしいところがあるとは思っていないわけだ。

彼にはおかしいところが沢山あると思う。

一年ほど前に脱走したね。たしか三日間帰ってこなかった。

そうね。うん。レナードは精神病院から脱走しようとする人間は精神病患者じゃないのに違いないと理解してるのよ。先週は集団で何か騒ぎを起こしたらしい。いやどうかな。騒ぎじゃなかったかもしれないけど。

なんのことで。

あらゆることで文句を言ってたらとうとう職員たちがいったいどうしたいんだと食ってかかったの。するとレナードは文句を言うのをやめてしばらく考えてから自分はただ幸せになりたいだけだと答えた。そしたらまた職員たちがいやいやいやレナード現実的な目標のことだと食ってかかった。

自殺リスクはあるの。

レナードに？

うん。

もちろん。いや、でも。わたしが言うべきことじゃないか。ときどきあなたが向こう側の人だということを忘れてしまう。

向こう側の人？

そう。

まあいい。なんの話だったかな。

テーマはわたしの月の物だったと思う。今何処《いずこ》という。

セックスのことは考える？

ええ。あなたは考えないの。

うーん。その主題に関してはぼくにもある種の履歴があるわけだけど。ときどき想像上のものが特別な地位を占めている人と話しているのを忘れてしまうんだ。ルーマニアは現実味が増すにつれて魅力が薄れてきたんだろうか。

どうかな。たぶんね。想像上のものが一番いいというのはたしかにあるかもしれない。牧歌的な風景を描いた絵みたいな。自分が一番いたいと思う場所。でも絶対に行けない場所。

ちょっとなんのことかわからないけど。

わたしにもわからない。

きみらしくないね。

わかってる。

死のことを言っているのかな。

そうじゃない。自分が一番望む世界に近づくことにまつわる問題について話してるだけ。

もう少しお湯を持ってこようか。

いい。ありがとう。要するに〝これが自分であり得るだろうか〟ということだと思う。

絵のなかの人が？

そう。

それは〝これが自分であるはずがない〟の意味？　それとも〝自分はこれになれるだろうか〟の意味？

〝自分であるはずがない〟。かな。

鏡のなかの斧を持った殺人鬼みたいに？

さあ。そうかもしれない。もしかしたら意味のよくわからない身振りの表現みたいなものかもね。でもその意味は世界のなかに広がるときに千のほかの歴史を消してしまう。

話が見えなくなった。

いいの。イタリアを出発するときにはルーマニアへ行くつもりだった。でも行かなかった。わたしはウォートバーグで埋葬されるのが嫌だったの。何よりそれを人に知られたくなかった。

自分が死んだことを。

そう。

でもそれは起こらなかった。

死ぬことが？

いや。ルーマニア行きが。

ええ。行かなかった。

ふむ。この計画はどれくらい真剣なものだったの。

すごく真剣なものだった。プラン2－Aと呼んでた。

なぜプラン2－A。

ただそう呼んでただけ。副題はまたは2－Bにあらず《オア・ノット・トゥ・ビー》（『ハムレット』のTo be, or not to be.〝生きるべきか、死ぬべきか〟の後半と同じ発音）。

旅はあるべき《トゥー・ビー》ものではなかった？

わたしがそうじゃなかった。わたしはルーマニアへ行ってそこに着いたらどこか小さな町へ行ってマーケットで古着を買おうと思ってた。靴とか。毛布も。持ってるものは全部焼くつもりだった。パスポートも。それとも服はゴミ箱に捨てるだけにするかとか。お金は闇で両替して。それから山にのぼる。車の通る道路は避ける。危険は冒さない。先祖の土地を徒歩で横切っていく。たぶん夜のあいだに。山には熊や狼がいる。そういうのを調べたの。夜に小さな焚火をするのもいい。洞窟を一つ見つける。山のなかに小川が流れていて。身体が弱って動きまわれなくなったときのために水筒に水を入れておく。しばらくすると水がすばらしい味に感じられてくる。音楽のような味になる。夜は毛布にくるまって寒さを凌ぎ自分の皮膚の下で骨が形をくっきり浮かせてくるのを眺めながら死ぬ前に世界の真実が見えますようにと祈る。夜にときどき動物たちが火明かりの縁までやってきて動きまわりその影が木々のあいだで動くそしてわたしは最後の火が灰になれば彼らがやってきてわたしを運び去りわたしは彼らの聖体になると理解する。それがわたしの生涯になる。わたしは幸福を感じる。

時間が来たようだ。

わかってる。手を握って。

手を握る?

ええ。そうしてほしいの。

わかった。でもなぜ。

それが何かの終わりを待ってるときに人がすることだから。

訳者あとがき

本書『ステラ・マリス』は、同時刊行されるコーマック・マッカーシーの長篇小説『通り過ぎゆく者』と、実質的には一つの作品である。この訳者あとがきも、『通り過ぎゆく者』のそれと合わせて読んでいただければと思う。

本書は『通り過ぎゆく者』にも登場した若い天才的数学者のアリシア・ウェスタンが、ステラ・マリス精神科病院で精神科医のコーエンとのあいだで交わす対話のみからなる特殊な形式の小説である。（本篇は時代が一九七二年なので、〝精神病院〟、〝精神分裂病〟、〝看護婦〟などの訳語を用いていることをご了解いただきたい）

実はマッカーシーには *The Sunset Limited*（二〇〇六年、未訳）という〝演劇形式の小説〟と銘打った作品がある。鉄道で飛び込み自殺を図った白人男性で無神論者の大学教授が、殺人の前科があり今はキリストを信じる黒人男性に命を救われ、二人だけで対話するというもので、演劇として上演されたほか、トミー・リー・ジョーンズとサミュエル・L・ジャクソンでテレビ映画化もされた。

内容面から淵源《えんげん》を訪ねれば、マッカーシーが好きな小説の一つに挙げたドストエフスキーの『カラマーゾフの兄弟』第五篇「Pro et Contra」（〝賛成と反対〟）がその一つかもしれない。有名な「大審問官」の話が出てくる篇で、たとえ神が存在しようとその神を認めないとするイワン・カラマーゾフと、あくまで神を信じるアリョーシャの対話が展開する。

アリシアとコーエン医師の場合は信条が対立しているわけではないが、テーマは〝世界と人間の関係〟であり、もっと言えばこの〝世界〟は生きるに値するものかどうかを問題にしていて、神はありやなしやの議論に類似する対話となっている。『通り過ぎゆく者』を読んだ方は、もうすぐアリシアの身に何が起こるかをご存じなわけだが、そのことにはここでは触れないことにしよう。

論点の一つは、数学的真実とは何かという問題だ。ごく単純化して言うと、アリシアは、数学的真実は人間から独立して実在しているとする、数学の哲学におけるプラトン主義に脅威を感じているらしいのである。なぜ脅威なのかというと、一つには彼女が悩まされている妄想と関係しているようなのだ。

アリシアは幼い頃からずば抜けて知能の高い天才児だったが、統合失調症を患い、〈キッド〉とその仲間という妄想が現われてナンセンスな演芸会を繰り広げるようになる。ちなみにアリシアは、もともとの名前がアリスで、この〈妄想存在〉たちの演芸会は、奇天烈なキャラクターたちが珍妙な言動で少女を困惑させる『不思議の国のアリス』が発想源だと思われる。

普通に考えれば、妄想はアリシアの脳が生み出しているということになるだろう。〈キッド〉が〈サリドマイド児《キッド》〉、すなわち科学技術の犠牲者であること、アリシアの父親が原水爆の開発に携わった人物であること、アリシアがロボトミー手術の犠牲者ローズマリー・ケネディ（またしてもケネディ家批判だ）を気にしていることなどを考えれば、罪悪感が生み出した妄想ではないかというのは素人でも思いつくことだ。

ところがアリシアは、ここにもプラトン主義を適用して、〈妄想存在〉は自分の脳から独立した実在性を持っているのではないかと疑っているようなのである。これはわれわれをかなり困惑させる発想だが、考えてみればこのプラトン主義の帰結は恐ろしいものだ。数学的真実も、妄想も、いわばスタニスワフ・レムのSF小説『ソラリス』に出てくる〈ソラリスの海〉が生み出すもののように、人間的意味をまったく持たないということになるからだ。これは『通り過ぎゆく者』の訳者あとがきで述べた、〝世界（宇宙）〟は人間の〝理性〟や〝理想〟や〝善意〟を斟酌してくれないという世界観の別バージョンと言えるのではないだろうか。

もう一つの論点は、父親が原水爆の開発に携わったことをめぐる問題だ。意外にも彼女は父親を責めないと言うのである。これもプラトン主義的に考えれば、科学的真実は人間の思惑とは独立に実在しているもので、人間の知能が発達すれば殺戮の技術も自然と高度化するということなのか。人間の良心が何を願おうと、生まれるべき科学技術は生まれ、生まれた以上は使用される。ここは『ブラッド・メリディアン』が深く関係しているようだ。あと『平原の町』がニューメキシコ州のトリニティ実験場のことを暗示的にとりあげていることも指摘しておきたい。

もう一つ注目すべき点として、反出生主義も挙げておこう。アリシアは、人間は生まれてこないほうがいいという考え方を持っている。それは先述したペシミスティックな世界観から来るものだろうが、それと関連して、〝世界〟の不幸はとくに子供の上に訪れるという考えも要注目だ。これもイワン・カラマーゾフがアリョーシャに語る幼児虐待の問題に通じている。

マッカーシー作品を読むと、幼い者、若い者の身に振りかかる残酷な運命に対する嘆きが、ときおり現われるのである。それは幼い人間だけではなく、動物である場合もある。たとえば『平原の町』の山犬の子や子馬の死の場面がそれだ。

しかし、その反出生主義とは真向から矛盾するように見える論点もある。近親相姦の問題だ。これはウェスタン兄妹の物語で一番読者を困惑させる要素ではないだろうか。

マッカーシーは兄妹の近親相姦の話をもう一つ書いている。長篇第二作の『アウター・ダーク―外の闇』（原著は一九六八年刊。山口和彦訳が二〇二三年十二月に春風社から刊行された）がそれだ。ウェスタン兄妹の小説二作以外で、女性が主人公の作品はこれ一つだけである。内容についてはぜひ出たばかりの翻訳にあたっていただきたいが、いったいこれはなんなのだろうか。ポーの『アッシャー家の崩壊』やフォークナーの『響きと怒り』と『アブサロム、アブサロム！』のクウェンティン・コンプソンの妄想などから類推すると、何か純粋さを守るためのことだろうか。

最後に神の問題も挙げておこう。〝ステラ・マリス〟というのは、訳注に書いたとおり、聖母マリアの添え名でもある。アリシアがこの名を持つ精神科病院に身を寄せたということは、キリスト教の神に帰依する気持ちが少しでもあったということなのか。その辺は読者の解釈しだいだろう。もっともマッカーシー作品に出てくる神は、グノーシス主義の不完全な造物主デミウルゴスを思わせるものが多い。本作の〈アルカトロン〉もその一つだ。

マッカーシーはアイルランド系のカトリックの家に生まれ育ったが、彼個人としては、「神を信じるかどうかは訊かれた日による」とか、「（神が存在するかどうかは）知らないと認めるしかない。自分はかなりの程度、唯物論者だ。神の計画なるものは信じていない」などと発言しているから、不可知論者ということになる。

以上、いささかとりとめもなく論点を列挙しただけになってしまったが、ぜひ読者のみなさんにはマッカーシーのほかの作品群を読み、作品の相互参照によってさらに深く読んでいくことをお勧めしたい。未訳の長篇はユーモアと哀愁の入り混じった魅力的な自伝的作品 ***Suttree***（一九七九年）だけとなった。これも近いうちに邦訳されることを期待したいと思う。

二〇二四年一月

訳者略歴　1957年生，東京大学法学部卒，英米文学翻訳家　訳書『すべての美しい馬』『ザ・ロード』『ブラッド・メリディアン』『ノー・カントリー・フォー・オールド・メン』コーマック・マッカーシー，『シャギー・ベイン』ダグラス・スチュアート，『怒りの葡萄〔新訳版〕』ジョン・スタインベック，『ナイルに死す〔新訳版〕』アガサ・クリスティー（以上早川書房刊）他多数

ステラ・マリス

2024年3月10日　初版印刷
2024年3月15日　初版発行

著者　コーマック・マッカーシー

訳者　黒原《くろはら》敏行《としゆき》

発行者　早川　浩

発行所　株式会社早川書房
東京都千代田区神田多町2－2
電話　03－3252－3111
振替　00160－3－47799
https://www.hayakawa-online.co.jp

印刷所　株式会社亨有堂印刷所
製本所　大口製本印刷株式会社

Printed and bound in Japan

ISBN978-4-15-210310-9　C0097

ハヤカワ文庫

越境

THE CROSSING

コーマック・マッカーシー
黒原敏行訳

〈国境三部作第二部〉
十六歳のビリーは家畜を襲っていた牝狼を罠で捕らえた。いまや近隣で狼は珍しく、メキシコから越境してきたに違いない。彼は父の指示に反するものの、傷ついた牝狼を故郷の山に帰すため不法に国境を越えてしまう。長い旅路の果てに底なしの哀しみが待ち受けているとも知らずに――巨匠が描く美しく残酷な青春小説。

ハヤカワ文庫

平原の町

CITIES OF THE PLAIN

コーマック・マッカーシー

黒原敏行訳

〈国境三部作の完結篇〉
十九歳になったジョン・グレイディは国境近くの小牧場で働いていた。幼い娼婦と激しい恋に落ちた彼は、愛馬や祖父の遺品を売り払ってでも彼女と結婚しようと固く心に決めた。同僚のビリーは当初、ジョン・グレイディの計画に反対だったが、やがて、その直情に負け、娼婦の身請けに力を貸す約束をする。解説／豊崎由美